COLLECTION FOLIO

Charles Juliet

Au pays du long nuage blanc

Journal

Wellington août 2003 – janvier 2004

Gallimard

Charles Juliet est né en 1934 dans un village de l'Ain.

Après une enfance paysanne, il passe huit ans dans une école d'enfants de troupe, puis trois ans à l'école du service de santé militaire à Lyon. Il abandonnera ses études de médecine pour se consacrer à l'écriture.

Il a écrit une trentaine d'ouvrages, dont *Lambeaux*, ou encore *L'année de l'éveil*, porté à l'écran par Gérard Corbiau.

Un lourd destin, pièce de théâtre qui est une évocation du poète allemand Hölderlin, a été créé par Roger Planchon en 2002.

Ce serait au IXe siècle que des Maoris, venant de Polynésie, auraient découvert une des deux îles qui, neuf siècles plus tard, allaient recevoir le nom de Nouvelle-Zélande. Selon la légende, alors qu'ils étaient de retour dans leur lieu d'origine, ils auraient parlé de cette île en disant : *Au pays du long nuage blanc.*

9 août 2003

Hier matin, à Auckland, après vingt-quatre heures de vol et un voyage qui, au total — depuis le départ de la maison, et avec l'attente à l'aéroport, les escales de Francfort, Singapour et Auckland — dure presque deux jours, c'était bon de pouvoir respirer à l'air libre, alors qu'il faisait un beau soleil et une température printanière. Voyage fatigant, et fatigue accrue par le décalage horaire. Après quatre heures d'attente, nous avons pris l'avion pour Wellington où il s'est posé une heure plus tard. Nous attendaient là M. et Mme Polonceaux, ainsi que Dame Fiona Kidman, écrivain et membre du Randell Writers Trust. Bien évidemment, ce nous fut un grand plaisir d'être ainsi chaleureusement accueillis.

Cet après-midi, Jean-Marc Philippeau nous a fait visiter la ville. Sommes montés en haut du Jardin Botanique d'où on a une belle vue sur la ville et la vaste baie ceinturée de collines et de montagnes. Puis nous avons déambulé dans le centre. Il était plus de quatre heures, et c'était samedi. Magasins fermés, rues presque désertes. Aucune unité dans les façades, couleurs, matériaux, formes, hauteurs des maisons, des tours et des buildings. Mais si une unité existait, serait-ce préférable ? En fin d'après-midi, il nous a conduits en haut du Mont Victoria, une colline qui s'achève par un cap et fait face à la ville. La vaste baie. La mer d'un bleu noir. Les lumières qui un peu partout commençaient à luire. La ville qui m'apparaissait comme une ville américaine, avec son haut mur de buildings. Ce n'était là qu'une première et rapide prise de contact. Je suis impatient de mieux la découvrir.

10 août

Quand on arrive en Nouvelle-Zélande, on se sent forcément loin de chez soi. Aussi, en ce dimanche qui était le second jour de notre présence ici, c'était grandement bon de déjeuner chez M. et Mme Polonceaux et de se trouver entourés d'amitié. Cela aidait les transplantés que nous sommes à ne pas se sentir trop « dévariés » (mot appris dans les Cévennes, et qui devrait être intégré à la langue française. Être dévarié, c'est n'être pas dans son assiette quand on descend d'un train ou d'un avion après un long voyage).

11 août

Il faut environ une dizaine de jours, m'a-t-on dit, pour se remettre des fatigues du voyage et des effets du décalage horaire. Nous avons franchi cette énorme distance en peu de temps, et je me demande dans quel état devaient se trouver les pionniers — la plupart Anglais, Écossais et Irlandais — qui, au XIXe siècle, débarquaient ici après des cinq ou six mois d'une traversée sur des bateaux où les conditions de vie étaient des plus rudes. Ils n'avaient pas le temps de récupérer de leurs fatigues, voire parfois de leur épuisement. À peine étaient-ils arrivés qu'il leur fallait s'activer et se mettre au travail.

Penser à eux — ou aussi bien à ce que m'ont raconté mes frères de leur éprouvante traversée Amsterdam-Québec lorsqu'ils étaient partis s'établir au Canada — c'est mieux mesurer tout ce dont nous bénéficions, nous, voyageurs de l'ère moderne qui franchissons des milliers de kilomètres en quelques heures.

13 août

Notre cottage est situé dans un quartier résidentiel où s'élèvent de belles maisons tout en bois, peintes de couleurs claires. Avec de grandes baies, et ce qui surprend, aucune protection, aucun volet.

On accède au cottage par une rue très en pente. Vingt mètres plus haut, elle bute contre une colline escarpée, couverte d'arbustes, puis de pins, et elle s'achève en impasse.

Le cottage porte une plaque indiquant qu'il a été construit en 1867. Il est une des plus vieilles demeures de la ville. Comme tel, il est classé, ce que signale une autre plaque de cuivre fixée près du portillon. Dans ce pays qui est un pays neuf, tout ce qui appartient au passé est préservé et considéré avec respect.

Ce cottage de modeste dimension n'a qu'un niveau. Il comporte un couloir, une cuisine, deux chambres, une salle de bains, une petite salle à manger et un petit salon, ces deux pièces communiquant par une ouverture sans porte. En avancée sur la façade de la maison, le salon est éclairé par une porte vitrée donnant sur l'extérieur et par deux larges fenêtres à guillotine. J'ai installé mon bureau devant l'une d'elles.

Ce cottage, tout en bois, a été remis à neuf. Beaux parquets. Tapis et doubles rideaux. Plafonds bas. Toutes les pièces sont mansardées, ce qui contribue à leur donner quelque chose d'intime. Mon adaptation ne posera pas de problème, car je me plais fort dans cette maison.

Une allée borde le cottage sur trois côtés, et autour s'étend un petit espace avec des fleurs et des arbustes. Cet espace est ceinturé du côté de la rue par une barrière, sur le deuxième côté par le mur en planche de la maison en contrebas, et sur le troisième côté par une palissade.

L'unique trait de pinceau dont parle Shitao dans son traité. Je ne sais comment il faut comprendre ces mots, mais peu importe. Ils me font penser à cet *unique poème* qu'au début de mon parcours j'aurais voulu écrire, à l'exclusion de tout autre. Je savais bien que c'était là chose irréalisable. Il n'empêche que ce désir m'a longtemps poursuivi. D'ailleurs, il était accordé dans sa finalité à ce qu'exige tout poème — l'ellipse, le dépouillement, la concision. À l'extrême, il est certain qu'à force de réduction, j'aurais voulu façonner un noyau qui m'eût permis de comprimer ce que j'avais à dire en une sphère d'une haute densité. En poussant plus loin, peut-être aurais-je trouvé le mot qui eût transcendé tous les mots.

14 août

Wellington est située sur une ligne de fracture de la croûte terrestre. L'année dernière les sismographes auraient enregistré quelque cinquante-cinq mille secousses. Même si on ne les perçoit que rarement, on peut dire que la terre ne cesse de trembler. Que va-t-il se passer lorsque se produira un violent séisme ?

Visité ce matin la maison natale de Katherine Mansfield, d'ailleurs proche d'ici, avec un groupe de femmes dont les maris sont membres de différentes ambassades. Les parents de Katherine Mansfield ont quitté cette maison quand elle avait quatre ans. Après avoir fui la ville, ils y sont revenus, mais la maison qu'ils ont habitée et où Katherine a vécu a été rasée lorsque a été construite l'autoroute qui traverse la ville. Là où se trouvait leur dernière demeure s'élève maintenant la résidence de l'ambassadeur des États-Unis.

Ce que j'ai vu lors de cette visite m'a intéressé. Les meubles, les objets, les jouets, les photos permettent de se représenter ce qu'ont pu être ses premières années. Pièces exiguës. Milieu familial conventionnel et étouffant. On comprend que plus tard elle ait voulu s'échapper.

Ces jours, je me suis replongé dans ses lettres. Quelle femme attachante. Sa sensibilité, sa passion pour la vie, pour l'écriture, pour la nature, les plantes, les fleurs. Sa solitude. Sa lutte contre la maladie. Ces instants d'horreur quand elle crachait le sang.

Il y a trois ou quatre ans, alors que j'étais loin d'imaginer qu'un jour je me rendrais dans son pays, j'avais rédigé un petit texte dans lequel je disais combien elle m'est chère. Une autre fois, je lui ai écrit une lettre. Après cette visite qui a fait remonter en moi l'amitié que je lui porte, il me semble que ces deux textes peuvent prendre place ici.

On noue avec certains écrivains des amitiés fortes. Des amitiés qui nous accompagnent pendant de nombreuses années, voire pendant toute notre existence. On les a découverts à un moment où l'on avait besoin d'entendre ce qu'ils pouvaient nous dire. Parfois, alors qu'on les lisait, certaines de leurs phrases se sont gravées en nous, et ces phrases nous servent d'appui, orientent notre réflexion, nous guident, alimentent notre vie intérieure... Ces hommes et ces femmes qu'on ne connaîtra jamais, puisque bien souvent ils ne sont plus de ce monde, on les aime tout autant que des êtres qui nous sont chers. Ils vivent en nous, dans

notre part la plus intime, et il arrive fréquemment qu
nous nous entretenions avec eux. Pour moi, Katherine Mansfield est de ceux-là.

Ces citations qu'à l'époque j'avais prélevées dans quelques-unes de ses lettres :

. *C'est seulement en étant fidèle à la vie que je puis être fidèle à l'art. Et fidélité à la vie signifie bonté, sincérité, simplicité, probité.*

. *Il n'y a pas de limite à la souffrance humaine.*

. *Je ne vois pas comment nous pouvons atteindre à la connaissance et à l'amour autrement que par la douleur.*

. *Je voudrais donner sans compter.*

. *On doit se soumettre. Ne résiste pas. Accueille-la (*La souffrance*). Laisse-toi submerger. Fais-en une part de ta vie. Tout ce que de la vie nous acceptons subit une transformation. C'est ainsi que la souffrance doit devenir de l'amour. Là est le mystère. Là est ce que je dois faire. Je dois passer de l'amour personnel à un amour plus grand. Je dois donner au tout de la vie ce que je donne à un seul.*

. *Pourquoi faut-il aimer ? On ne sait, c'est un mystère. Mais l'amour est comme une lumière. Je ne puis avoir une vue nette des choses que dans ses rayons.*

. *On n'échappe pas à la splendeur de la vie.*

Lettre à K. M.

C'est la nuit, et bien que tu sois épuisée, tu n'arrives pas à dormir. Hier tu as craché le sang et tu ne peux t'empêcher de penser à la mort. Tu es au-delà du désespoir, au-delà de l'épouvante. Tu sens ta fin proche et tu rassembles tes dernières forces pour ajouter encore quelques pages, peut-être une ou deux nouvelles à celles que tu as déjà enfantées. Ce besoin d'écrire qui s'exacerbe, il t'épuise en même temps qu'il renforce ton envie de vivre, ta détermination à faire face, à lutter jusqu'à ton dernier souffle.

Miracle des mots, de la littérature ! Tu as disparu il y a quelques décennies, mais les recueils de nouvelles et les volumes de correspondance que tu nous a laissés continuent à nous communiquer de la vie et à te maintenir présente parmi nous. Pourtant, morte à trente-quatre ans, tu n'as eu que bien peu de temps pour créer, et tes livres n'occupent qu'une place réduite sur un rayon de bibliothèque. Mais en écrivant, tu as eu le constant souci d'être vraie, et dans la mesure où les mots vrais portent en eux une inépuisable énergie, tu demeures pour ceux qui t'apprécient cette compagne près de laquelle ils aiment à revenir.

Lorsque je referme tel ou tel de tes livres après en avoir relu quelques pages, je te rejoins en cette heure nocturne où tu ne peux trouver le sommeil. Ton corps amaigri. Ton visage émacié. Tes cernes. La gravité de ton regard. La toux caverneuse qui te secoue pendant de longues secondes et t'oblige à poser la plume. Cette tragédie, tu l'as vécue loin de ton père et de tes sœurs qui vivaient en Nouvelle-Zélande, loin de cet homme que tu aimais et qui résidait à Londres. À cette époque, on pensait que le climat du midi de la France convenait aux tuberculeux, et c'est ainsi que tu as passé tes dernières années à Menton, Bandol..., dans des pensions ou des maisons louées, soit dans une totale solitude. Toi qui étais encore jeune, qui aimais tant la vie, qui la savourais en la moindre de ses manifestations, par quelles terribles souffrances tu as dû passer au long de ces jours et de ces nuits où tu sentais que tes forces t'abandonnaient, que tu glissais inévitablement vers la fin.

Tes dernières semaines furent effroyables. Dans la pensée que tu trouverais là un recours, peut-être une ultime quoique improbable chance de guérison, tu avais rejoint près de Fontainebleau cette communauté réunie autour de Gurdjeff, un homme plus que douteux. Au lieu d'adoucir ton calvaire, ils t'ont fait vivre dans des conditions aberrantes, et ta mort en fut précipitée. Tout semblait s'être ligué pour que tu fusses soumise à une épreuve extrême, une épreuve qui te contraindrait à aller encore plus avant sur ce chemin qu'il te fallait gravir.

Lorsque après avoir décidé de quitter la Nouvelle-Zélande, ton pays natal, tu étais venue t'établir en Angleterre, tu avais traversé des années incertaines et chaotiques. Privée de ressources, obligée de te débattre dans un monde que tu découvrais et qui te jetait en plein désarroi, maîtrisant peut-être mal un excès de vitalité, tu avais vécu maintes douloureuses expériences. S'y étaient ajoutés deux deuils qui t'avaient profondément affectée : celui de ton jeune frère très aimé, disparu dès les premiers mois de la Grande Guerre, puis celui de ta mère, terrassée par une attaque que rien ne laissait prévoir. Ensuite, atteinte de tuberculose, tu avais dû t'exiler en France et le besoin d'écrire s'était fait plus impérieux. Sous l'effet de ces différentes circonstances, celle que tu allais devenir n'aurait que peu en commun avec celle que tu avais été. Cette souffrance qui travaillait ta pâte, elle t'a érodée, affûtée, épurée, de sorte que mois après mois, année après année, approfondissant tes racines, tu t'es lentement transformée. Dans tes lettres, tes notes de *Journal*, on te voit te centrer, grandir, rayonner une lumière toujours plus intense. Tu vivais très exactement ce que tu as écrit : *La souffrance doit devenir de l'amour.*

15 août

Les Néo-Zélandais auraient-ils des gènes différents de ceux du reste de l'humanité ? Je serais tenté de le croire. Ici, quand l'hiver se manifeste avec de la pluie et des rafales de vent, on ne saurait prétendre qu'il fasse bien chaud. Or dans les rues, on ne voit ni imperméables ni manteaux. On a même la surprise de croiser des hommes jambes nues, des jeunes filles en minijupes, épaules dénudées, nombril à l'air. Cela me laisse pantois. Autre particularité : il n'est pas rare de voir des gens marcher pieds nus dans la rue.

Avec Elsa au Te Papa, ce très beau musée, construit sur le front de mer et inauguré en 1998. Architecture futuriste, de vastes espaces, et des sculptures de grande dimension — un long bateau sculpté, une maison ornée de nombreux motifs — réalisations maories qui sont de véritables joyaux. Je n'étais pas capable d'accueillir ce que je voyais. Mon espace intérieur n'a pas encore retrouvé son calme.

Samedi 16 août

Je me souviens toujours de ce 16 août 1973 qui avait marqué pour moi la fin d'une sombre époque. Ce jour-là, j'avais reçu les épreuves de *Fragments*, mon premier livre. Gratitude à Georges Haldas qui m'a tiré du trou au fond duquel je me morfondais.

Vu aujourd'hui mon premier match de rugby au Westpac Stadium. Un très beau stade, n'ayant que peu d'années, de structure ovale, de forme élégante, construit près de la mer. Les sièges en métal, d'un jaune vif. La pelouse à l'herbe fournie — ici, nul besoin d'arroser ! — impeccablement tondue, et j'imaginais le plaisir qu'on doit éprouver à la fouler.

Il faisait un grand beau soleil, mais aussi un vent frisquet, de sorte qu'à rester sans bouger, on n'avait pas chaud. Du moins est-ce mon avis. Car à en juger par le peu de vêtements qu'ils portaient, bien des hommes et des femmes qui m'entouraient auraient émis un avis contraire.

Pendant le quart d'heure qui a précédé le match, plusieurs équipes de tout jeunes garçons — de cinq-six ans à dix-onze ans, et on avait la surprise de voir parmi eux une ou deux petites filles — ont disputé en différents coins du terrain une brève partie. Bien sûr, ils ne se plaquaient pas. Ils cherchaient simplement, des mains et des bras, à gêner la progression de l'adversaire. Certains effectuaient de beaux gestes, faisaient des crochets et des feintes de passe. À vingt ans, ceux qui auront continué seront déjà des joueurs d'expérience. On comprend dès lors que ce pays ait eu si longtemps une équipe nationale réputée invincible.

Le match était prévu pour quatorze heures trente, à une heure où les gens venaient de sortir de table. Il n'empêche que bien des hommes se sont installés avec des choses à manger, des bouteilles de bière ou de Coca-Cola. J'étais choqué. Mon rigorisme voudrait-il que, assistant à un match de rugby, on ne fasse rien d'autre que regarder ce qui se passe sur le terrain ? Il se pourrait. Ridicule !

Ce match qui opposait les « Lions » de Wellington à une sélection du Southland était un match important. Il s'inscrit dans le cadre d'une compétition ici très suivie et qui est d'ailleurs retransmise par plusieurs télévisions. Elle oppose les équipes des grandes villes à des sélections de différentes régions.

Avant que le match ne commence, un hélicoptère s'est posé sur le terrain. En sont descendus un homme déguisé en lion — référence à l'animal symbole de l'équipe locale — et un enfant qui est allé déposer le ballon au centre du terrain.

La partie très disputée s'est déroulée sans incident. Aucun mauvais geste de la part des trente acteurs, mais les plaquages sont appuyés. Une parfaite correction. Les décisions de l'arbitre ne sont jamais contestées.

Deux joueurs d'ici, l'arrière et un centre, m'ont paru très bons. Tous deux sont d'ailleurs des Maoris.

Transi, mais un grand plaisir à voir le match.

D'aucuns s'étonneront peut-être que je puisse avoir certaines préoccupations et m'intéresser au rugby. Ils ne devraient pas. L'intérêt que je porte au rugby n'est évidemment pas à mettre sur le même plan que mon engagement dans l'écriture. Au début de mon parcours, pendant plusieurs années, j'ai vécu en retrait du monde et dans une grande concentration. Mais je me suis rendu compte un jour qu'à vivre trop resserré sur soi-même, on finit par s'appauvrir. Fort heureusement, mon évolution m'a permis par la suite d'élargir mon angle de vision et de m'ouvrir à la vie, aux différentes manifestations de la vie. Mon intérêt pour le rugby et le sport en général est une de ces fenêtres que je maintiens ouvertes sur le monde extérieur.

19 août

On cherche un bureau de poste. On le trouve au fond d'un magasin qui vend des magazines, des livres, de la parfumerie... La postière ne garde pas les enveloppes ni les paquets-lettres qu'on lui donne à peser et affranchir. On doit sortir du magasin et les glisser dans une boîte à lettres installée sur le trottoir.

De telles postes situées au fond d'un magasin, j'en ai vu de semblables ce printemps, à Montréal, et je n'ai donc pas été trop surpris.

20 août

Depuis une douzaine de jours que nous sommes là, la température est clémente — hormis quand il pleut et qu'il vente — et nous avons eu des journées de grand soleil, quasi printanières.

Ici, le temps varie d'heure en heure, et les quatre saisons peuvent se succéder en une seule journée.

Pourquoi suis-je venu ici ? À vrai dire, je ne me le suis pas demandé. Si je me sonde, je dirais que c'était pour aller au-devant de nouveaux visages, de nouvelles rencontres, découvrir un pays dont je ne savais rien.

21 août

Commencé aujourd'hui le texte que je dois écrire sur les papiers peints d'Eugène Leroy qui seront exposés cet automne à la Galerie de France.

22 août

On descend notre rue, on traverse la route, on grimpe un raidillon et on se trouve dans le Jardin Botanique, une des curiosités de la ville. Alors que l'hiver est là, on est surpris de voir des fleurs un peu partout. Camélias, rhododendrons couverts de grosses fleurs rouges. La volumineuse boule jaune d'un mimosa en pleine floraison. Des fougères géantes. D'immenses arbres, sans doute vieux de deux ou trois siècles. Les énormes branches. Les écorces épaisses, zébrées de profondes crevasses. Des merveilles qu'on ne se lasse pas d'admirer.

Plusieurs sculptures. L'une, de fort volume, est bien située, sur le replat d'un pré en pente. En l'abordant par sa face arrière, j'ai pensé que l'auteur de cette sculpture avait subi l'influence de Moore. En fait, je ne me trompais pas. Car celui qui a signé cette œuvre n'était autre que Moore lui-même. Mais selon moi, ce bronze n'est pas l'une de ses meilleures œuvres.

23 août

Une pluie diluvienne qui tambourine sur le toit. La rumeur sporadique des rafales de vent parfois violentes qui ne cessent ni jour ni nuit. Me revient un lointain souvenir de mon enfance.

À cette époque, les hivers étaient rigoureux, et à l'automne, nous avions d'interminables journées de pluie. À moins de dix mètres, en face de notre cuisine était l'étable, ouvrant sur un autre côté et surmontée d'une grange. Le chéneau fixé à l'avant-toit de cette grange auquel étaient suspendus autour d'un fil de fer et sur deux ou trois mètres de hauteur, des épis de maïs, ce chéneau était crevé, et toute l'eau qui ruisselait sur le toit s'écoulait par ce trou. Pendant des jours et des nuits, c'était le bruit continu et lancinant de ces paquets d'eau frappant la grille aux épais barreaux de fer qui couvrait l'égout. Le front contre la vitre, que d'heures d'ennui j'ai passées à regarder cette eau qui semblait devoir ne jamais s'arrêter de tomber.

Face à la porte de la cuisine, après trois ou quatre marches, on trouvait la porte de la cave derrière laquelle était creusé un antre qui chaque soir me glaçait d'horreur lorsque j'y descendais. Au-dessus de cette porte était ménagée une ouverture donnant sur le noir de la grange. Ce trou m'effrayait moins que la porte de la cave, car je supposais que ce n'était pas de ce trou que surgirait le voleur d'enfant qui viendrait un jour s'emparer de moi et m'étrangler.

24 août

Elsa est « attachée de coopération adjointe » à l'ambassade. Elle occupe ce poste depuis le début juillet, mais elle connaît déjà la Nouvelle-Zélande. Il y a un an, elle avait enseigné le français à Christchurch pendant l'année scolaire et elle a déjà travaillé en France, à Londres, à Budapest. Père médecin.

Mère professeur d'éducation physique, maintenant à la retraite. Interne des hôpitaux, sa sœur aînée achève sa seconde année d'internat dans un hôpital de Guyane, et Elsa, il y a quelques mois, lui a rendu visite. Outre sa sœur, Elsa a aussi un jeune frère qui est encore étudiant. Elle leur est très attachée, de même qu'à ses parents. Aimer les membres de sa famille n'a rien que de normal. Pourtant, à l'entendre parler d'eux avec une telle fraîcheur, une si vive affection, je suis chaque fois étonné. Étonné et ému. Il y a souvent tant de problèmes et de conflits à l'intérieur des familles que je me demande si Elsa ne serait pas une exception. Couples désunis, familles éclatées. Enfants mal aimés, rejetés, abandonnés. Jalousies et rivalités entre frères et sœurs... Si des statistiques pouvaient exister dans ce domaine, qu'apprendrait-on ? Les êtres qui ont eu une enfance heureuse seraient-ils plus nombreux ou moins nombreux que ceux qui n'ont pas eu cette chance ? Pour ma part, j'inclinerais à penser que ces derniers devraient être en plus grand nombre que les autres.

Elle est directe, claire, agréable, et quand elle est libre, nous avons plaisir à sortir avec elle.

Au cours de nos conversations à bâtons rompus, tout en nous apprenant ce qu'est une ambassade : ses multiples fonctions, son personnel, sa hiérarchie, elle nous explique aussi ce en quoi consiste son travail.

Que je dise tout de suite que je ne suis nullement qualifié pour parler de L'Ecclésiaste. *Et je le suis même d'autant moins que je ne crois pas en l'existence de ce Dieu auquel se réfère en permanence Qôhélet, l'auteur de ce texte. Pourtant, je ne pense pas que cela doive m'empêcher de me pencher sur ces pages. Car par-delà vingt-trois siècles, elles peuvent encore dire bien des choses à un incroyant d'aujourd'hui. Je vais donc me risquer à les commenter en toute liberté. Comme pourrait le faire n'importe quel lecteur qui les lirait avec attention, désireux de trouver là des sujets de réflexion, peut-être aussi des éléments susceptibles de l'aider à aller plus avant dans sa recherche de la sagesse.*

Ces lignes n'auront pas de suite. Quand je suis arrivé ici, j'avais le projet de rédiger ce commentaire de *L'Ecclésiaste* que je me suis engagé à écrire il y a déjà plusieurs mois. Mais ce voyage et la transplantation qui en résulte m'ont quelque peu bousculé, et je me rends compte que je n'aurai pas la concentration qui me serait nécessaire pour entreprendre et mener à bien un tel texte. Aussi ce soir j'ai compris qu'il me fallait renoncer. À défaut, je vais me contenter de tenir mon *Journal* avec assiduité, ce que je n'ai, me semble-t-il, jamais fait, sauf peut-être quand je me trouvais à Saorge. Cela ne m'empêchera pas de relire et étudier les six traductions de *L'Ecclésiaste* que j'ai apportées. Elles présentent d'ailleurs de telles divergences qu'on pourrait se demander si leurs auteurs ont bien traduit le même texte.

25 août

Avant, quand une journée commençait, je la programmais dans ma tête, et ensuite, je me conformais à ce que j'avais programmé. Mais au cours de la journée, si je devais modifier ce que j'avais prévu, si par exemple je devais renoncer à telle petite joie, tel menu plaisir destiné à me servir d'appui pour franchir les heures, j'étais secrètement contrarié. Ce besoin d'organiser les choses à l'avance naissait sans doute d'une certaine angoisse. Maintenant, je n'ai plus à décider, au seuil d'une journée, ce qu'elle va être. Je la laisse se dérouler au gré des circonstances. J'apprécie d'être libre de tout vouloir et suffisamment souple pour chaque fois me soumettre sans me forcer à ce qui survient.

26 août

Pourquoi écrire ces notes ? Je ne sais trop. Je ne m'illusionne pas sur leur intérêt. Mais il me faut bien me satisfaire de ces menus riens qui peuplent nos journées. C'est de ces riens dont je veux garder la trace. Avec cet espoir que leur somme prendra peut-être un sens et un intérêt qui pourraient rejaillir sur chacun d'eux.

26 août

À une époque où elle était inconnue en Italie, Pavese s'est intéressé de fort près à la littérature américaine, et il avait traduit dans sa langue deux ou trois ouvrages d'écrivains d'outre-Atlantique. Dans *Le*

Métier de vivre, il fait mention de la *Spoon River Anthology*, d'Edgar Lee Masters. Sans que je puisse en donner la raison, après avoir lu le titre de ce recueil et le nom de son auteur, je ne les ai jamais oubliés, mais je ne savais rien à leur sujet. C'est quinze ans plus tard que j'ai pu lire ces poèmes en français.

Né une trentaine d'années avant la fin du XIXe siècle, ce poète a écrit les épitaphes imaginairement destinées aux tombes du cimetière d'une bourgade située sur les bords de la Spoon, une rivière de l'Ohio. Par le truchement de ces épitaphes, il relatait la vie de cette petite ville, en révélait les secrets, faisait se répondre d'une tombe à l'autre ceux qui y dormaient.

J'aime la langue drue de ces poèmes, et je suppose que j'ai dû les lire plusieurs fois, car l'autre matin, alors que j'étais assis sur une tombe de ce cimetière abandonné qui couvre le bas de la colline, des bribes du premier poème me sont revenues :

Où est Elmer, ?, ?, Tom et Charley
Le veule, le fortiche, le clown, le poivrot, le bagarreur

L'un est mort de la fièvre
l'autre brûlé au fond d'une mine
l'autre tué au cours d'une rixe
[...]
Tous, tous dorment sur la colline

Où est Ella, Kate, ?, ?, et Édith
Le cœur tendre, l'âme simple, la criarde, la fière, la
vernie

L'une est morte en couches honteuses
l'autre d'un amour déçu
l'autre aux mains d'une brute
[...]
Toutes, toutes dorment sur la colline

Maintenant, chaque matin, quand je descends la colline et que je traîne entre les tombes en déchiffrant les épitaphes, je me plais à écouter ces mots d'Edgar Lee Masters qui se murmurent dans ma pénombre. Ils avaient dû beaucoup me frapper pour que je m'en souvienne encore bien que je ne les aie pas relus depuis un certain temps. En me les remémorant, je veux croire qu'à travers moi se répondent les pionniers néo-zélandais enfouis au bas de la colline et ces pionniers du Middle West auxquels les vigoureuses épitaphes d'Edgar Lee Masters ont prêté une seconde vie.

29 août

Hier, en fin d'après-midi, nous avons appris le décès de Maxime Descombin. Il avait quatre-vingt-quatorze ans. Depuis trois ou quatre ans, des problèmes de santé l'avaient diminué, mais s'il avait perdu un peu de son rayonnement et de sa pugnacité, il restait toujours aussi lucide.

J'ai fait sa connaissance il y a quarante ans, à une époque où je ne savais pas grand-chose. Je n'avais jusqu'alors jamais pénétré dans l'atelier d'un sculpteur et il fut le premier artiste que j'aie rencontré. Mes visites à son atelier, nos discussions, ses lettres, son amitié, ont pour moi beaucoup compté, et il est certain que je lui dois d'avoir en ce temps-là considérablement élargi mon horizon. Il m'avait fait notamment découvrir Mondrian dont la vie, l'œuvre, les écrits m'avaient aidé à préciser ce que je cherchais. Il m'avait également fait connaître Madeleine Charbonnier avec qui j'avais noué une belle amitié.

Ces dernières années, à mon corps défendant, mes rapports avec lui s'étaient distendus. Je lui gardais mon affection, mon admiration, mais je n'allais plus le voir. Il lui arrivait de s'emporter, de se montrer agressif, de dire des choses avec lesquelles — objectivement — on ne pouvait être d'accord, et je préférais éviter des affrontements qui auraient porté atteinte à ce que j'éprouvais à son endroit.

Il reste qu'il a été un être « pur » — je veux dire par là qu'il n'a jamais cédé aux pressions sociales. Qu'il a suivi sa voie avec une farouche détermination. Qu'il n'a obéi tout au long de sa vie qu'à sa seule exigence.

Pendant des années, Maxime et Madeleine ont tenu en moi une grande place. Maintenant, ils ne sont plus de ce monde, et c'est une part de ma vie qui s'en est allée avec eux.

Dans cette salle de cinéma où nous attendions avec Elsa que le film commence, le Français que je suis était surpris, pour ne pas dire choqué, de voir arriver des gens avec une bouteille de Coca-Cola et une grosse boîte de pop-corn. Un couple d'un certain âge s'est installé devant nous. D'une main ils tenaient une soucoupe avec une tasse de café, et de l'autre un cornet surmonté de deux boules de glace en équilibre instable !

Aux États-Unis, boire et manger en regardant un film est déjà pour certains une habitude, et je sais qu'en France, des salles proposent boissons et friandises. C'est navrant. D'ailleurs ceux qui mangent et boivent gênent ceux de leurs voisins qui ne les imitent pas.

J'ai eu un vif plaisir à voir ce film sur l'histoire et les musiciens de la Motown — mot que j'ai parfois lu et entendu sans bien savoir ce qu'il recouvrait. Avant de partir, un article dans *Télérama* m'avait mis en appétit et pourvu du minimum d'informations qu'il faut avoir pour bien apprécier ce film.

Ces hommes — tous noirs excepté un Blanc — étaient de remarquables musiciens, et il y a une quarantaine d'années, avec la radio et le disque, ils ont connu d'immenses succès, mais leurs noms n'étaient jamais mentionnés. Ils sont restés inconnus alors même qu'ils ont influencé de nombreux chanteurs et musiciens de réputation mondiale. Puis il y a une trentaine d'années, alors qu'ils vivaient à Detroit, leur producteur est allé s'établir en Californie. Pour eux, ce fut l'effondrement — pour certains l'alcool, la drogue, le suicide.

Ces dernières années, un passionné a recherché les survivants de ce groupe et leur a consacré ce film qui a failli ne pas voir le jour.

30 août

Je ne cesserai jamais de m'étonner du surprenant fonctionnement de la mémoire.

Ce matin, le souvenir m'est revenu de M. Nadal, ce professeur de maths que j'ai eu à Aix en classe de quatrième. Je n'ai sans doute jamais repensé à lui depuis que j'ai quitté l'École. Alors pourquoi ai-je soudain revu son visage, son regard, toute sa personne ? C'était un être doux, qui parlait bas. Il arrivait en classe les mains vides, et quand il avait à nous rendre nos devoirs, il les tirait de la poche arrière de son pantalon. Je crois que c'était un être blessé, douloureux, qui avait des problèmes avec l'alcool. Ce matin, les yeux à peine ouverts, j'ai pensé à lui qui n'est plus avec émotion et amitié.

L'influence que peut avoir sur nous un livre qui nous ébranle, nous touche en profondeur... Par son intermédiaire, on a rencontré un inconnu dont on s'est senti proche, et à notre insu, cet inconnu a pris possession de nous. À tel point qu'il va pendant un long temps déterminer pour une grande part ce qu'on ressent, ce qu'on pense. Pourtant, on ne s'est pas identifié à lui, mais la rencontre a eu sur nous un tel impact, qu'il nous hante en permanence, imprime à tout instant son empreinte sur ce qu'on vit.

Le temps qu'il m'a fallu pour me libérer de ces successives dépendances, exister par moi-même.

Plus s'affinent mes perceptions de ce qui s'active en moi, et plus les mots me paraissent inaptes à rendre ce que j'ai à exprimer.

31 août

Révisé mon texte sur Eugène Leroy achevé il y a deux jours. Il s'est d'ailleurs écrit pour une grande part dans ma tête pendant mes insomnies. Je dois dire que j'ai pris plaisir à rédiger ce texte, et au cours de ces dernières nuits, je me sentais avec ce peintre dans une grande proximité. Mais en cherchant à débusquer ce qui était à l'origine de sa manière de peindre — ce besoin qu'il avait d'ajouter toujours plus de couleurs, toujours plus de matière, de sorte que ses toiles ont un ou deux centimètres d'épaisseur — ai-je été guidé par de bonnes intuitions ? Il me semble qu'on peut résumer ce qui générait son geste en disant qu'il se refusait à montrer ce qu'il s'acharnait à faire apparaître. Ainsi n'a-t-il jamais cessé d'être pris en tenaille par deux exigences contraires.

Il vivait près de Lille, et quand j'étais au Mont-Noir, j'aurais pu aller le voir. J'avais son adresse, son numéro de téléphone, et je voulais le rencontrer, mais je n'ai pas osé le déranger. Mal m'en a pris. Quelques mois plus tard, il n'était plus de ce monde.

Hier soir, invités à dîner chez Jessie Munro qui nous avait rendu visite ce printemps à Lyon. Sa maison en contrebas de la route et à laquelle on accède par un raidillon. Avant de descendre, elle nous a montré la Croix du Sud.

Ses ancêtres sont venus d'Écosse au XIXe siècle et elle reste attachée à son clan. Tous ces gens, y compris ses parents, ont été des paysans. Son frère a repris la ferme familiale, près d'Auckland, et il élève des moutons. Un troupeau de six mille têtes !

Nous avons regardé les photos de ses arrière-grands-parents, photos de médiocre qualité, mais qui nous ont tout de même permis de voir que ce couple de paysans, notamment la femme, était d'une remarquable beauté. Jusqu'à la fin de sa vie, cette femme a gardé sa sveltesse et ce beau visage empreint d'une grande distinction.

Jessie a consacré une importante biographie à Suzanne Aubert, une religieuse française arrivée en Nouvelle-Zélande en 1860, et morte en 1926, à l'âge de quatre-vingt-onze ans.

Très tôt elle s'était fait accepter par les Maoris, ce qui n'était pas aisé, d'autant qu'à cette époque ils étaient en guerre contre les troupes coloniales pour la possession des terres. Elle a appris leur langue, s'est initiée à leurs coutumes, leur culture, et elle a rédigé une sorte de dictionnaire établissant un pont entre la langue des indigènes et celle des Européens, dictionnaire dont on s'est servi jusqu'à ces dernières années.

Avec l'aide d'une Maorie, elle a fait préparer des médicaments à base de plantes, et elle en a parrainé la fabrication industrielle.

Elle a enseigné, s'est occupée d'enfants abandonnés, créé une soupe populaire, des instituts où étaient recueillis des enfants handicapés, et juste après sa mort, un hôpital a été édifié pour la construction duquel elle s'était longuement battue.

Une femme entreprenante, énergique, mais aussi, une femme de cœur qui avait des ami(e)s dans tous les milieux. Sa vie durant, elle s'est dépensée sans compter pour réduire autour d'elle la misère et la souffrance.

Lors de ses obsèques, sa dépouille a été accompagnée jusqu'au cimetière par une foule d'environ cent mille personnes, ce qui à l'époque et pour ce pays était exceptionnel.

En raison de l'œuvre qu'elle a accomplie, on peut considérer qu'elle a été une des personnes qui ont contribué à créer ce pays. Ici, elle est célèbre et elle a sa place dans la mémoire de bien des habitants. En France, en dehors d'un étroit milieu, peu de gens connaissent ne serait-ce que son nom.

2 septembre

L'autre soir, en ouvrant la télévision à une heure tardive, surprise de voir une religieuse en habit commenter une œuvre du Caravage.

3 septembre

Nous ne sommes pas tous pourvus des mêmes données psychiques. D'où entre nous de grandes disparités.

Ces disparités donnent toute sa saveur à la vie — quel désert ce serait si nous étions tous semblables — mais elles sont aussi à la source des difficultés que nous avons à nous comprendre et nous supporter. Quoi de commun entre un homme qui traverse la vie sans rien voir, sans trop se poser de questions, et celui qui est aux prises avec la douleur d'être, ressent parfois que la vie est invivable ?

Rêvé à Beckett. J'étais allé le voir et nous marchions quelque part, en un lieu impossible à décrire. Je n'avais rien à lui dire et j'étais écrasé par une profonde tristesse. À l'instant où je l'ai quitté, il s'est étonné que je sois resté à ce point silencieux, car lors de nos précédentes rencontres, je l'avais harcelé de questions.

4 septembre

Dans cette ville où il tombe parfois en ces jours d'hiver une pluie diluvienne, il est préférable d'avoir un bon imperméable. Depuis plusieurs jours, je cherche à m'en procurer un, mais je n'en trouve pas. Vraiment curieux !

5 septembre

Cette injustice qui veut que certains manquent de ce dont d'autres sont amplement pourvus. Parfois, on est malheureux de rencontrer des êtres qui, en raison de ce qu'ils sont, mériteraient d'avoir une meilleure vie.

À Lyon, dans un magasin où je me rends de temps à autre, je ne peux m'empêcher de sourire chaque fois que je lis sur une affichette :

Heureux les fêlés
Ils laissent passer la lumière.

Aujourd'hui, alors que ces mots me reviennent, ils me ramènent à mon aventure. Me font découvrir que j'ai dû d'abord m'occuper à réduire ma fêlure avant de pouvoir partir à la conquête de cette lumière dont j'avais un vital besoin.

6 septembre

À la faveur d'un colloque auquel elle va participer, Mme Jean Anderson va se rendre en Irlande. Elle est émue à l'idée de découvrir le village où ont vécu ses aïeux.

En arrivant ici, ses arrière-grands-parents avaient acheté une ferme. Mais, inexplicablement, toutes les bêtes crevaient. Un jour, un de leurs oncles, tout jeune, lit par hasard un article dans lequel il apprend que certains sols peuvent parfois manquer de telle ou telle substance. Instruits de ce problème, ces gens ont aussitôt remédié à ce manque, les bêtes n'ont plus crevé, et ils ont ainsi échappé à la ruine qui les menaçait.

Au restaurant belge, il nous a fallu subir pendant une heure le tapage de deux couples qui, à la table voisine, avaient pris pour objet d'amusement une petite fille d'environ deux ans. Tout en la chatouillant, en la poussant à minauder, ils n'ont cessé de s'esclaffer et de commenter bruyamment ce qu'elle pouvait dire ou faire. Vraiment, c'était pénible. Eux, ils riaient, et moi, j'étais consterné de voir cette enfant leur servir de guignol.

7 septembre

Quand on se trouve à vingt mille kilomètres de son pays, on ne le voit plus comme on le voyait lorsqu'on y vivait. Désenglué de ce en quoi il est habituellement pris, le regard se fait plus lucide, plus aigu. Des personnes qui occupent une certaine place dans le paysage médiatique ou culturel apparaissent sous un nouveau jour. Vues d'ici, vues d'un pays où langue et culture sont différentes des nôtres, elles perdent de leur importance. Serait-ce pour cette raison que la quinzaine d'écrivains français dont j'ai visionné les portraits au cours de ces derniers soirs m'ont paru décevants ? Dans ce qui était dit, rien qui vous accrochait, vous donnait à penser, vous apportait quoi que ce fût. Avoir du talent n'exclut pas qu'on puisse être creux. En revanche, j'ai eu plaisir à revoir le portrait de Modiano, et plus encore celui de Nicolas Bouvier, lequel avait des choses à dire et savait les dire. Marguerite Duras m'a déplu. Mais à deux ou trois reprises, elle a eu des saillies dont on ne trouverait aucun équivalent dans ce que j'ai entendu par ailleurs.

J'ai pris grand intérêt au portrait de Koestler et plus encore à celui de Jabès, un homme d'une réelle densité. Ce que j'ai vu et entendu de lui m'a fait regretter de n'avoir pas cherché à le rencontrer. Deux passionnantes émissions sur Artaud.

On me l'avait dit et on le vérifie chaque jour en toute circonstance : les Néo-Zélandais sont particulièrement affables. Ils n'ont pas ce quant-à-soi derrière lequel nous, Français, avons si souvent l'habitude de nous retrancher. Ils sont détendus, ouverts, avenants, et ils nouent volontiers la conversation avec vous.

8 septembre

Regardé une cassette sur ces Néo-Zélandais qui, en 1914, ont gagné l'Europe pour repousser les Allemands et défendre notre liberté. Certains d'entre eux, en 1917, ont libéré Le Quesnoy, une ville de la Somme. Douze mille sont morts et ont été enterrés là où ils sont tombés. De tous les pays engagés dans le conflit, la Nouvelle-Zélande est celui qui, relativement au nombre de ses habitants, a eu le plus de morts lors de la Grande Guerre. Les habitants du Quesnoy n'ont rien oublié, mais je ne sais si notre mémoire collective garde suffisamment le souvenir de ces hommes qui sont venus de si loin pour se battre à nos côtés.

10 septembre

Quand je modifie la structure d'une phrase et change un mot de place, il n'a plus les mêmes vibrations.

Petite piqûre de désir contrarié lorsque je passe devant une librairie, puisque ne s'y trouvent que des livres que je suis incapable de lire.

11 septembre

Hier soir, au Michael Fowler Centre, soirée durant laquelle les jeunes élèves des différents lycées ont chanté à tour de rôle, chacun et chacune portant l'uniforme de son lycée. Fraîcheur et dynamisme. Ils se balançaient et déployaient leurs bras tout en chantant. J'ai pris un grand plaisir à cette soirée. À la fin, un beau chant maori, chanté par des enfants en tenue traditionnelle.

La soirée s'est achevée sur le haka, le chant de guerre maori. Ce haka poussé avec conviction par des enfants fluets, aux muscles encore inexistants, mais aux visages qui se voulaient menaçants, ce haka ne manquait pas de sel.

Marin Polonceaux était de la fête. Je n'ai jamais rencontré un enfant qui, comme lui, ait un regard d'une telle candeur, un sourire aussi attendrissant.

12 septembre

La femme que M. L. a rencontrée cet après-midi lui a parlé de ses cinq sœurs. Un jour, l'une d'elles est partie au Chili. En touriste. Là-bas, ce qu'elle a vu — la misère, les enfants qui ne reçoivent aucune instruction et n'ont aucun avenir — a provoqué en elle une prise de conscience qui l'a transformée. Alors elle a décidé de rester et de passer à l'action. Elle s'est mise à enseigner. Puis elle a créé une école. Et maintenant, elle s'occupe de développer ce qu'elle a entrepris. Elle a même adopté la nationalité chilienne et ne reviendra en Nouvelle-Zélande que pour revoir de temps à autre sa famille.

14 septembre

Cet après-midi, nous nous sommes longuement promenés avec Elsa sur le front de mer. Large trottoir avec, à intervalles réguliers, des araucarias. Le vent soufflait avec violence. Une belle lumière. La mer verte et blanche d'écume. Les nuages filant à vive allure. En bordure de la route, de très jolies maisons en bois, de teintes pastel, certaines d'une architecture peu courante.

Sur notre parcours, nous avons trouvé une dalle carrée, horizontale, posée à cinquante centimètres du sol, prenant appui pour une part sur le mur contre lequel venaient s'écraser les vagues. Sur cette dalle est gravé un texte de Katherine Mansfield disant que lorsque ici le vent souffle, un homme qui marche donne l'impression de tituber et peut être pris pour un ivrogne. En lisant ce texte, alors que nous étions repoussés par les rafales, que nous ne parvenions pas à nous tenir droits, que nous reculions pour aussitôt avancer, nous vivions ce qu'elle avait écrit.

15 septembre

M. L. relit le troisième tome, en Pléiade, des nouvelles de Tchekhov. Un des rares ouvrages que j'ai pu apporter de Lyon. Imprégnée par son monde, tous ces jours elle me parle de lui, de ses personnages, de ce qu'il a su observer, de son désenchantement, de son sens de l'humain.

Dans *Les Groseilliers*, un homme raconte que son père était un ancien enfant de troupe. J'ai oublié avoir lu cela, et donc j'ignorais qu'il existait des enfants de troupe en Russie à cette époque. Leur existence tirait-elle son origine des armées napoléoniennes, lorsque celles-ci avaient envahi ce pays, puis été mises en déroute ?

Ces trois mots : *enfant de troupe*, sont sans doute à entendre dans leur sens littéral. Ces enfants vivaient avec la troupe et accompagnaient les armées quand elles partaient en campagne. Rien à voir avec ce que j'ai connu.

En recherchant la phrase où il a été question de cet homme qui a été enfant de troupe, je suis tombé sur ce passage : ... *si la vie a un sens et un but, ils ne sont nullement dans notre bonheur, mais dans quelque chose de plus sensé et de plus grand. Faites le bien.* Comment ne pas donner son adhésion à ce qui est dit là ? À ce qu'enseignent l'œuvre et la vie de cet écrivain ? Tout être à la fin de son existence devrait être jugé sur ce qu'il a apporté à autrui ou à la communauté. Mais dans notre société où prévalent individualisme, égoïsme, compétition à outrance, parler de « faire le bien » n'est plus de mise.

Peut-être ai-je tort d'écrire cela. Ils sont plus nombreux qu'on ne pourrait croire ceux qui, capables de compassion, n'hésitent pas à « faire le bien ». Soit en apportant une aide matérielle. Soit en donnant de leur temps, en offrant une présence, des paroles, une écoute, en partageant un vécu...

Pour indiquer que l'homme qui a dit *Faites le bien* exprimait une conviction puisée au plus profond de lui-même, Tchekhov a trouvé ces simples mots, tellement convaincants et émouvants : *Tout cela fut dit avec un sourire pitoyable, suppliant, comme s'il demandait quelque chose pour lui-même.*

16 septembre

Comment trouver la juste distance dans notre rapport à nous-même ? Où situer notre point de perception ? S'il est dans la tête — façon de parler — c'est la pensée rationnelle qui s'assure la prééminence et tout ce qui est de l'ordre de l'affectif se trouve refoulé. À l'inverse, si ce point est placé au cœur des émotions, du sentiment, la pensée se voile et ne peut exercer sa fonction.

Quand on écrit, les subtils réglages auxquels on doit se livrer pour bien positionner ce point de perception et être en mesure de produire un texte susceptible de s'adresser tant aux entrailles qu'à la tête du lecteur.

17 septembre

J'aimerais aller écrire dans des cafés, mais il me reste à dénicher celui où ne glapirait pas leur satanée musique.

Ces instants où je rejoins ma part la plus intime. Où m'inondent les eaux de la source. La sensation d'être traversé par l'essence de la vie. Définir cette essence est rigoureusement impossible. Mais la gravité de ces instants. C'est elle qui façonne mes mots. M'impose d'écrire avec une certaine voix, sur un certain ton.

À l'aide d'un appareil photo, Jean-Michel Marchetti a réalisé une série d'autoportraits. Il les a réalisés soit en plaçant l'appareil sur un support et en posant devant lui, soit plus simplement en le tenant et en s'immobilisant devant un miroir. Il va de soi que Jean-Michel sait très bien prendre des photos, mais chaque fois une étrange fatalité a voulu que le cliché obtenu soit couvert d'une ombre opaque, ou qu'un obstacle quelconque ait partiellement, voire totalement caché celui qui avait actionné le déclencheur. Ainsi pourrait-on admettre que ce travail a été vain, car aucun cliché n'a gardé l'image du visage dont il avait à fixer les traits.

Que signifient de tels portraits ? Ils nous disent en premier lieu le besoin qu'a Jean-Michel de se représenter. D'obtenir une image de lui qui lui permettrait de se voir, et par là, de se connaître. En second lieu, dans la mesure où ils sont des portraits avortés, ils expriment l'impossibilité qu'il a eue d'y parvenir.

En nous proposant ces photographies, il nous donne à comprendre que l'œil intérieur à l'aide duquel nous cherchons à nous voir est un œil voilé, encombré, de sorte que l'image qui se forme en lui est altérée ou carrément déformée. Pourquoi donc ? Cet œil fait partie intégrante de notre réalité interne, et par là même il porte en lui des contenus qui déterminent et faussent sa vision. Pour voir cette réalité interne, il est indispensable qu'il s'en dégage et s'en éloigne. Mais cela n'est pas encore suffisant. Car bien qu'à distance de cette réalité, il continue d'en participer. Pour disposer d'une véritable capacité de voir, cet œil doit regarder en lui-même afin de dissoudre ce qui conditionne sa vision. Autrement dit, pour être à même de nous connaître, nous devons connaître ce à l'aide de quoi nous cherchons à nous connaître.

Ce travail provoque toutes sortes de perturbations et de bouleversements à l'intime de l'être, et c'est pourquoi cette élucidation de soi est une aventure longue, exigeante, ô combien douloureuse.

Avec ces autoportraits sans visage, Jean-Michel Marchetti ne nous parle de rien d'autre que de cette aventure que nous sommes appelés à vivre lorsqu'un besoin irrépressible nous en fait l'obligation. Ceux qui n'éprouvent pas ce besoin ne seront pas entraînés dans cette aventure. Mais ceux qui s'y trouvent engagés et la poursuivent sans relâche, ceux-là n'auront pas à regretter d'avoir été embarqués.

19 septembre

Je viens de lire des articles sur le Chili, sur Allende renversé il y a trente ans par un putsch militaire fortement appuyé par la CIA et le gouvernement américain. Pendant les quinze années qui ont suivi, sous la dictature de Pinochet, trois mille personnes ont été torturées, assassinées ou ont disparu (des hommes jetés à la mer par des hélicoptères en vol). Des milliers ont dû s'exiler. Ce que j'ai lu, je le savais déjà. Mais ce qui m'a frappé, ce fut de constater — je ne dois pas être le premier à le remarquer — que le trentième anniversaire de ce coup d'État survenu un 11 septembre, a coïncidé avec l'anniversaire de la tragédie qui a meurtri les États-Unis il y a deux ans. Aucune conclusion à tirer de cette coïncidence. Mais on peut observer que lorsqu'ils causaient des milliers de morts en provoquant la chute d'un gouvernement, parfois une guerre civile comme en Grèce, puis en installant une dictature, les Américains étaient moins prompts à s'indigner que lorsqu'ils ont été frappés à leur tour. Mais comment leur en faire grief ? Cela est tellement humain. Quand on apprend qu'un malheur s'est abattu sur un pays dont on est séparé par des milliers de kilomètres — séisme, inondations catastrophiques, troubles politiques, guerre, génocide — on ne réagit pas comme lorsqu'on est directement concerné.

20 septembre

Dans le vieux contentieux qui oppose les Maoris à l'État néo-zélandais pour des droits de pêche et la restitution des terres qui leur ont été prises, cet avocat intervient pour défendre les droits de « la Couronne ». Au cours du déjeuner, il nous a raconté le rituel auquel il est soumis lorsqu'il se rend chez les Maoris. En manière de défi, le chef de tribu lance devant lui sur le sol un morceau de bois dont il lui faut se saisir tout en fixant de son regard celui du chef. La dernière fois, à l'instant où il allait s'emparer du morceau de bois, le chef a immobilisé sa main à l'aide d'un bâton. Par la suite, cet homme lui a expliqué que lorsqu'il a voulu prendre le morceau de bois, il aurait dû attendre que le chef, du regard, lui en donne la permission.

21 septembre

C'était à Lyon il y a déjà bien des années. Je marchais sur un trottoir derrière une jeune femme qui tenait son petit garçon par la main. Soudain, sans qu'elle ait pu le retenir, celui-ci a sauté dans la rue. À la même seconde, elle a littéralement plongé sur l'asphalte en se jetant sur lui pour lui faire un rempart de son corps. La voiture qui arrivait a stoppé et ne les a pas touchés. L'enfant en pleurs, cette jeune femme dont le bras et la jambe saignaient...

J'ai souvent repensé à cette scène. À la réaction instantanée de cette mère pour protéger son petit garçon.

Mon ami Yves Prigent m'a envoyé son dernier livre : *La Cruauté ordinaire*. Je l'ai lu avec un constant intérêt. Une violence insidieuse — agissant dans le couple, la famille, sur le lieu de travail — et qui vise à abaisser, humilier, déstabiliser, déshumaniser la victime. Elle attaque sa dignité, sape son identité, provoque une mort psychique. *Le cruel ne se contente pas d'effacer le sujet, d'anéantir son unité. Il déchaîne en lui la pulsion de mort, la « destrudo », la rage destructrice.* Ce livre m'a aidé à préciser, à mieux saisir des notions et des réalités dont j'avais une connaissance préconsciente, mais auxquelles je ne m'étais jamais arrêté. *La dignité humaine est tout à la fois essentielle et fragile, vitale et destructible.* Nécessité d'être lucides, de combattre, d'éradiquer cette agressivité et ce besoin de domination qui nous habitent. Savoir respecter l'autre. Ne jamais porter atteinte à sa dignité. Une attention à autrui non moins ordinaire que cette forme de cruauté remarquablement analysée dans cet essai.

23 septembre

Visite à un peintre qui réside à une vingtaine de kilomètres de Wellington. Il a vécu aux États-Unis et en Australie où il expose régulièrement. Sa femme est d'ailleurs australienne. Deux beaux enfants blonds.

Sa peinture se situe dans la filiation de l'abstrait géométrique. En voyant ce qu'il a réalisé à une certaine époque, j'ai pensé à Barnett Newman et à Sean Scully. Devant ses toiles, il a mentionné à plusieurs reprises le nom de Georges Bataille, mais je ne vois pas le lien qui pourrait exister entre l'œuvre, la pensée de ce dernier, et cette peinture d'une rigueur stricte.

J'ai aimé sa maison. Elle est adossée à une colline et enfouie dans des arbres. Elle comporte une large baie et domine une vaste cuvette où s'élèvent de rares maisons. On voit un peu la mer, et les collines sur la gauche sont couvertes par le bush — des arbres d'assez petite taille, pressés les uns contre les autres et à la toison compacte, d'un vert sale plutôt laid.

Quand la voiture longeait la côte, on apercevait dans la brume les montagnes de l'île du Sud.

Assez souvent, je perçois-ressens ce qu'éprouve et pense autrui. Mais la gêne que j'ai à m'immiscer en lui à son insu suscite en moi une crainte. La crainte — par des paroles ou des actes — de le troubler, de provoquer en lui des réactions - émotions auxquelles il ne s'attendrait pas, tout particulièrement si je suis en désaccord avec ce qu'il dit. Aussi, en sa présence et quand surviennent en moi cette gêne et cette crainte, je ne suis que silence, besoin de m'effacer.

24 septembre

J'en suis encore tout étonné : ce texte sur Eugène Leroy a semblé couler hors de moi sans que j'aie eu à intervenir.

Dans la rue, une voiture-corbillard porte sur ses flancs cette publicité : « la plus rapide façon de monter au paradis ».

Dans *La femme de chambre*, dernière nouvelle de *La Garden-party*, une domestique raconte ce qu'a été sa vie. Une vie toute de soumission à Madame, et avant elle, à sa mère.

Un jour, sur le point de se marier, elle en avait informé Madame, mais celle-ci, en exerçant un subtil chantage, l'avait amenée à tout annuler. Femme humble, toute donnée, cette domestique n'a jamais soupçonné que cette Madame qu'elle voyait comme une sainte avait fait montre d'un cruel égoïsme.

En achevant ma lecture, j'ai pensé à ce que m'avait raconté Geneviève Asse il y a une vingtaine d'années. À Paris vivaient misérablement, dans de petites chambres de bonnes, sous les toits d'immeubles vétustes — glaciales l'hiver, étouffantes l'été — des femmes âgées qui avaient été employées de maison. Elles ne s'étaient pas mariées, n'avaient pas eu de vie personnelle, s'étaient dévouées corps et âme à une famille pendant quarante, voire cinquante ans. Puis lorsqu'elles n'avaient plus été en mesure de travailler, on les avait tout bonnement remerciées. Et comme elles n'avaient pas été déclarées, elles ne bénéficiaient d'aucune retraite.

Toute une vie d'abnégation pour être à la fin rejetées sans pitié, condamnées à la misère et à la solitude.

27 septembre

Parfois, on sait sur un être des choses capitales qu'il ne sait pas lui-même. Il ne les sait pas soit parce qu'elles lui échappent totalement, soit parce que, pour une raison ou une autre, il se refuse à les connaître. On le voit prendre telle décision importante — sur le plan sentimental ou professionnel — décision dont il est facile de prévoir qu'elle entraînera ratage ou catastrophe, mais on se retient de le mettre en garde. Ce qu'on pourrait dire ne serait pas compris. Ou si c'était compris, il n'en serait tenu aucun compte. Ou bien encore, une pareille révélation provoquerait en cet être une déflagration qui pourrait avoir de trop graves conséquences. Il paraît alors plus judicieux de garder pour soi ce qu'on sait, et on s'abstient d'intervenir.

Il y a quelques années, une jeune amie a rencontré un garçon dont elle est tombée amoureuse et avec lequel elle a voulu se marier. Après avoir rencontré ce garçon à une ou deux reprises, j'avais pressenti qu'il lui créerait des problèmes et que ce mariage ne serait pas viable. C'est malheureusement ce qui s'est vérifié. Mais qu'aurais-je pu dire ? Ce que je redoutais ne reposait que sur une intuition. Si je m'étais ouvert de mes craintes à cette amie, elle m'aurait repoussé et dit à juste titre que je n'avais pas à me mêler de ses affaires. Et si elle m'avait écouté, elle aurait de toute manière passé outre.

En schématisant, on pourrait écrire ceci : les êtres qui auraient profit à ce qu'on les éclaire sur les difficultés qu'ils se préparent, sont précisément ceux qui ne peuvent entendre ce qu'on aimerait leur dire. À l'inverse, ceux auxquels on peut parler librement de tout ce qui les concerne, sont en général suffisamment ouverts à leur intériorité pour qu'on n'ait rien de décisif à leur apprendre sur eux-mêmes.

28 septembre

Je n'ai pas eu à chercher comment rencontrer Chris Laidlaw. La chance est venue à moi. Comme je mentionnais son nom en présence de Jessie, elle m'a appris qu'elle le connaissait et qu'il lui était facile de le contacter.

Il y a trois jours, j'ai fait sa connaissance. Ancien capitaine des All Blacks. Joueur de grand talent qui a laissé son nom dans la mémoire des passionnés de rugby. Il a vécu à Paris, et deux ans à Lyon où il a poursuivi ses études tout en jouant au LOU. Il connaît fort bien la France et a gardé des amitiés avec plusieurs rugbymen français. Nous n'avons parlé que pendant une heure, mais nous allons nous revoir.

Il m'a raconté que lors du dernier test-match qu'ils ont disputé en Angleterre, les joueurs néo-zélandais ont été perçus par les Anglais, à certains signes, comme différents d'eux. C'était la première fois qu'une telle chose se produisait, et ils en ont été très satisfaits. Preuve leur a été donnée qu'ils existent désormais par eux-mêmes, et plus du tout en référence aux habitants de l'ancienne métropole — ces autres sujets de Sa Majesté.

Les Néo-Zélandais, m'a-t-on dit, ont un problème d'identité. Leur pays est né d'un passé récent. De surcroît, ils souffrent de leur isolement, de leur éloignement de l'Europe, des pays — Angleterre, Écosse, Irlande — d'où sont venus leurs aïeux. Parfois, leur pays ne figure même pas sur certaines cartes, et c'est ici très mal vécu. Ne pas représenter leurs îles est en quelque sorte nier leur existence.

Les suicides chez les jeunes sont nombreux. Je ne sais s'ils ont les mêmes causes que dans les sociétés occidentales, ou s'ils ont des causes spécifiques.

Un fait d'une importance considérable doit être aussi noté : au cours de l'hiver dernier, quand les

Américains ont envahi l'Irak, la Grande-Bretagne leur a emboîté le pas. En cette circonstance, pour la première fois de son histoire, le gouvernement de ce pays qui a d'ailleurs une femme pour Premier ministre, Helen Clark, n'a pas calqué sa position sur celle du pays frère et a donc décidé que les soldats néo-zélandais ne participeraient pas à cette regrettable aventure. Cet acte d'indépendance a eu un fort retentissement dans tout le pays. En outre, la France et la Nouvelle-Zélande ont pris une même position face à ce conflit, et cela a été un bon point pour la restauration de l'amitié entre nos deux pays, amitié qui avait été sérieusement mise à mal par la stupide et effarante histoire du *Rainbow Warrior*.

30 septembre

Il était treize heures. Il a fait graduellement très sombre et l'orage a éclaté. Au treizième étage de ce building aux parois de verre, nous étions à l'intérieur du nuage poussé sur nous et sur la ville par les rafales d'un vent déchaîné. La pluie tombait à seaux. Les rideaux de pluie survenaient par vagues horizontales et fouettaient les vitres avec violence. L'eau giclait, rejaillissait, ruisselait en abondance sur la façade.

Comme je me tenais près d'une vitre et que je ne voyais pas l'armature métallique qui l'encadrait, j'ai eu un instant d'étonnement à constater que j'étais protégé de la bourrasque alors que rien de visible ne m'en séparait.

Nous étions quelques-uns dans cette vaste pièce, et je suis resté un moment à l'écart pour n'être plus qu'à ce qui se passait au-dehors. Cette violence de la nature quand elle entre en furie.

Hier, rencontre avec des étudiants à Victoria University. La dernière question qui m'a été posée m'est venue d'une femme, professeur. « Vous avez écrit quelque part que vous aimez les vaches. Que vous ont-elles appris ? »

Depuis bien longtemps, je ne pense plus à ces vaches que je gardais lorsque j'étais enfant, et la question m'a évidemment surpris. Mais en un quart de seconde, la réponse a surgi : « Montaigne conseille d'*aller au pas des choses*. Peut-être les vaches m'ont-elles appris à aller au même pas qu'elles, à avancer dans la vie avec une même lenteur. »

Cette réponse a jailli avant que j'aie eu le temps de la penser. Mais en écrivant cette note, je me rends compte que ce que j'ai dit là, ce n'était que des mots. Des mots qui n'exprimaient rien du rapport que j'avais avec ces braves ruminants. L'enfant que j'étais ne savait pas penser, ne savait pas tirer parti de ce que les humains, les bêtes et les choses auraient pu lui apprendre. Dans la mesure où il était intégré à ce monde, il ne le voyait pas, ne s'en différenciait pas. Il a fallu qu'il quitte son village pour qu'il commence à prendre conscience de ce qui alors remplissait sa vie. Non, je ne crois pas que les vaches m'aient enseigné quoi que ce soit, mais elles auraient pu.

Pour racheter cette réponse trop hâtive, je dirais,

sur un plan plus général, que je n'ai jamais renié les valeurs qui se sont inscrites en moi au cours de mon enfance paysanne. Ces valeurs n'ont jamais été dites. Je les ai pour ainsi dire absorbées avec l'air que je respirais. L'exemple que me donnait maman Ruffieux était le meilleur des enseignements.

Comme nous quittions l'université, cette femme qui m'avait posé la dernière question a proposé de nous ramener chez nous en voiture. Mais elle a d'abord pris le chemin des écoliers et nous a conduits de l'autre côté de la colline qui surplombe le cottage. Elle voulait nous montrer d'où partent divers sentiers qui s'enfoncent dans le bush. Puis elle a voulu nous faire découvrir sa maison d'où l'on a un très beau point de vue sur le fond de la baie. En partant de chez elle, elle avait oublié sur le feu le ragoût qu'elle y avait mis à cuire. Comme il n'avait pas cramé, elle a voulu nous garder à dîner. Son mari est arrivé et nous avons longuement parlé. Mais ici, bien souvent, les appartements et les maisons ne sont pas chauffés, ce qui me confirme dans mon idée que les Kiwis sont des gens tout à fait spéciaux. Comme nous étions transis, elle a eu pitié de nous et s'est décidée à allumer un feu de cheminée.

Jour anniversaire de ma naissance. Bonne occasion pour voir rapidement où j'en suis à ce stade de mon existence.

Je peux constater que je suis clair, serein, que je sais mieux vivre. Désentravé, ne me référant plus depuis longtemps à des modèles, je me sens libre et autonome. Les peurs, les avidités, les tensions, la timidité, les blessures anciennes..., tout cela a été transmuté et s'est fondu en une trame continue d'où me vient une stabilité que j'apprécie grandement. Je n'ai donc plus à lutter contre ces émotions trop violentes qui me perturbaient, sidéraient la pensée, me rendaient incapable de faire face à ce que je devais affronter. Je vois aussi que toutes sortes de connaissances hétérogènes que j'ai amassées au cours des années ont fini par se mettre en place, et j'ai l'impression que ma compréhension de l'être humain et de la vie s'est approfondie. Mes perceptions se sont affinées, mes raideurs ont fait place à de la souplesse, et en conséquence, je travaille avec moins de difficulté. Toutefois, ce que j'écris là ne doit pas donner à conclure qu'il n'y a pas d'ombres au tableau et que je suis béatement content de ce que je suis. Une insatisfaction subsiste. Je continue donc de creuser mon sillon, mais sans plus me soucier de ce qui poussera ou non sur la terre retournée.

Deux autres choses sont à noter : bien que pas mal d'années soient derrière moi, je ne suis nullement blasé. Je continue d'aller au-devant de la vie avec la même fraîcheur, le même plaisir à recevoir ce qu'elle m'offre que lorsque j'étais jeune. Serait-ce dû pour une part à cette naïveté que parfois on me reproche ? Je ne sais. Le certain, c'est que je me réjouis de n'être pas la proie de ce désenchantement, de cette maussaderie qui gagne ceux qui sont au décours de leur vie.

Il me faut ajouter aussi que mon paysage intérieur

change. Je commence à prendre conscience que je n'ai plus tellement d'années devant moi — à supposer que le destin me les accorde — et que je ne peux plus toujours repousser en un avenir indéterminé la réalisation des projets que j'ai en tête. Parfois, il m'arrive aussi de penser à la mort. Mais peut-être parce que je n'en sens pas encore la menace, elle ne m'effraie pas. Je cherche même à la contempler calmement. Pour me préparer à l'accueillir le jour où elle se présentera.

Invités à dîner avec quelques amis chez Laurence et Len qui me font la surprise de me souhaiter mon anniversaire. Une agréable indiscrétion d'Internet !

Il y a quelques jours, j'ai reçu une lettre furibarde d'un ami. Nous nous connaissons depuis l'école primaire et une amitié est née entre nous quand nous avions une vingtaine d'années. Elle est donc ancienne. Sa lettre pleine d'aigreur vient de ce qu'à deux reprises au cours de ces derniers mois — il habite à Grenoble et fait de temps à autre un saut à Lyon — il m'avait demandé qu'on se rencontre, mais les deux fois où il m'avait contacté, je n'étais absolument pas libre — je crois bien que j'allais m'absenter — et j'ai dû décliner sa proposition. Il m'avait également écrit à deux reprises et je ne lui avais pas répondu, pensant que nous allions nous retrouver à la prochaine occasion. De cela il a conclu que je ne voulais plus le voir. Or il n'en est rien. Et si je comprends son dépit, je ne mérite pas ses reproches. Lui, il est maintenant à la retraite, il dispose de tout son temps, alors que moi, ayant de plus en plus de travail, je suis moins disponible qu'auparavant.

1er octobre

Invités à déjeuner à leur résidence par M. l'ambassadeur et son épouse. Ils ont vécu en divers pays, Corée, Insulinde, Rwanda, Bolivie... Comme ils nous parlent de ce dernier pays, je mentionne que je me souviens d'avoir lu dans *Le Monde* en 1986 un article indiquant que près du lac Titicaca, un homme avait été sacrifié pour demander à Dieu de faire pleuvoir. Démembré à coups de hache. L'épouse de l'ambassadeur n'était pas étonnée. Elle nous a appris qu'en Bolivie, lorsqu'on a achevé de construire une maison, il n'est pas rare que le plus jeune ouvrier soit sacrifié. En différentes circonstances, des petites filles sont également sacrifiées, tandis que d'autres sont éliminées, car en raison de la misère, on ne peut les élever. L'homme dont il était question dans cet article, il est possible, il est même vraisemblable qu'il ait été volontaire. Le désir d'être considéré comme un martyr a pu le pousser à vouloir être celui qu'on allait sacrifier pour sauver le village.

Mémoires d'immigrés — L'héritage maghrébin. Trois remarquables émissions de Yasmina Benguigui sur ces dizaines de milliers d'hommes que la France a fait venir d'Algérie, en nombre moindre du Maroc et de

Tunisie, dans les années cinquante. Ils ont travaillé dans les mines, dans le bâtiment, la métallurgie, et ont vécu dans des conditions effroyables, parfois dans de véritables bidonvilles.

Des témoignages bouleversants d'hommes qui racontent ce qu'ils ont enduré.

L'exil est un traumatisme psychique extrêmement grave. Celui qui émigre est arraché à sa famille, à ses amis, à sa langue, à une manière de vivre, à un climat... À cela s'ajoutent pour lui la solitude, le manque d'échanges avec la famille restée au pays.

Pendant longtemps, on n'a vu en ces immigrés que leur capacité de travail, oubliant qu'ils étaient aussi des êtres humains. Les humiliations subies ont laissé des blessures ineffaçables.

La seconde émission est consacrée aux femmes qui, à partir d'une certaine époque, ont été admises à rejoindre leurs maris. Pour elles aussi, la transplantation a été une rude secousse.

Dans la troisième émission témoignent les enfants de la première génération. On comprend que nombre d'entre eux soient amers et révoltés.

J'ai regardé ces trois émissions en ayant à l'esprit ce qu'un ami algérien m'a dit peu de temps avant que je vienne ici : « Mon père travaillait dehors par tous les temps. C'était un homme dur au mal, mais certains soirs d'hiver, quand il rentrait du travail, fourbu, affamé et frigorifié, je l'ai vu pleurer. »

Après cette note, je ne sais si je peux me risquer à raconter ce que je faisais quasi honteusement quelques années après que j'ai commencé à écrire. Je prévois d'ailleurs que la naïveté qui inspirait cette manière de salut dont je vais parler, que cette naïveté va prêter à sourire, mais peu importe. À cette époque, j'étais défait et me sentais proche de ceux que la société ignorait ou rejetait. Lorsqu'en fin de journée il m'arrivait de croiser un travailleur immigré, je posais sur lui un regard qui ne pouvait être que grave, douloureux, mal assuré, et j'esquissais dans le même temps un petit signe de tête. Pour que cet homme voie qu'un Français le remarquait, le considérait comme un égal, voulait lui donner un peu d'humanité. Chaque fois son regard se dérobait.

Quatre chaises en matière plastique, assez lourdes, empilées les unes sur les autres, étaient calées dans l'angle d'un mur et de la maisonnette qui flanque le cottage. Là où elles se trouvaient, le vent n'aurait pas dû avoir prise sur elles. Il n'empêche que la nuit dernière, il les a renversées et poussées sur plusieurs mètres. Le bruit de ces chaises raclant les dalles m'a réveillé. Pendant l'insomnie qui a suivi, alors que les rafales faisaient craquer le cottage, j'ai repensé à ces mots de Baudelaire lus quelques heures plus tôt dans le dictionnaire : *L'immense orgue des vents grondeurs*.

Ce que j'entendais me faisait apprécier l'admirable justesse de ces mots. *L'immense orgue* traduit bien la puissance du vent, l'ampleur de ce souffle. Et *vents grondeurs* est plus bref, plus frappant, moins convenu que *grondements du vent*, étant admis que *grondement* est un terme inévitablement appliqué au tumulte que produit un vent déchaîné.

Je ne sais si on peut dire que le trafic aérien est ici intense, mais le fait est qu'à tout moment du jour et d'une partie de la nuit, on entend le grondement d'un avion qui vient de décoller, ou celui d'un avion qui perd de l'altitude et s'apprête à atterrir.

En raison de la vétusté du réseau ferroviaire, les trains sont lents. Onze heures, m'a-t-on dit, pour aller de Wellington à Auckland, alors que par les airs, on s'y rend en une heure. En outre, les routes sont sinueuses, et on conçoit que lorsqu'ils se déplacent ne serait-ce qu'à l'intérieur du pays, les Néo-Zélandais choisissent de prendre l'avion. De là l'importance du trafic.

Je suppose que les pilotes sont des pilotes chevronnés. Car décoller et surtout atterrir sont parfois ici des opérations problématiques. Ne pouvant se poser, il arrive qu'un avion tourne au-dessus de la baie, dans l'attente que les rafales de vent se fassent moins violentes.

Le détroit de Cook est un espace où se rencontrent les eaux et les climats de la mer de Tasman et de l'océan Pacifique. D'où des eaux souvent agitées, et au pourtour du détroit, un temps instable, capricieux, avec des vents fréquents qui peuvent atteindre une rare violence.

3-10 octobre — Auckland

En nous rendant en taxi à l'aéroport, nous avons un peu parlé avec le chauffeur. D'origine yougoslave, il a été chassé de chez lui par la guerre. Il a pu obtenir un visa d'entrée en Nouvelle-Zélande grâce à sa femme qui parle anglais. Il a fait des études supérieures et travaillait dans le monde de l'édition (?). Il pourrait être amer, mais il ne l'est pas. Il est même heureux d'être ici. Sans doute pour la simple et fondamentale raison qu'il est encore en vie, alors qu'au cours de cette guerre, des milliers de ses compatriotes ont disparu. Pendant ce conflit, deux à trois mille Yougoslaves sont entrés en Nouvelle-Zélande. Mais par la suite, ils ont été nombreux à repartir et à se fixer en Australie où ils trouvaient des salaires plus élevés.

Cet homme au visage grave et en qui je percevais une réelle densité répondait volontiers à nos questions. Le plaisir que je lui ai fait en lui parlant de Curkovic, le portier de l'équipe de Saint-Étienne au temps de sa grande époque.

À l'aéroport, trois Maoris de haute et forte taille. L'un d'eux sanglote tandis qu'un autre, le tenant dans ses bras, tente de le consoler.

Entre Wellington et Auckland, villes distantes d'environ six cents kilomètres, l'avion n'a pas le temps de gagner une altitude qui lui permettrait d'échapper aux turbulences. Aussi avons-nous été passablement secoués.

Déjeuner avec Mme Dani Jameson, française piednoir d'Algérie. À Oran, sa famille a bien connu la famille Faure, dont une des trois filles, Francine, est devenue la femme de Camus. Tout ce qu'elle m'a raconté concernant Francine et Camus m'a vivement intéressé. À Alger, elle a eu pour professeur à l'université un ami de Camus. Pour préparer ses étudiants à leurs examens, il les emmenait passer quelques jours à la montagne ou à la mer. Elle se souvient d'avoir lu et traduit Virgile dans les ruines de Tipasa.

J'écris ces lignes dans ma chambre d'hôtel d'où j'ai une vue plongeante sur le port, la mer, une ou deux îles voilées de brume. Intense activité sur le port. La mer d'un gris plus sombre que celui du ciel.

Touché par la générosité de Raylene, le professeur qui m'a invité. Elle a mis à notre disposition son appartement de Devonport — banlieue résidentielle, très beaux cottages — et elle a insisté à trois reprises pour me prêter sa voiture, nous incitant à faire des balades dans le nord de l'île.

Après ma causerie à l'université, déjeuner avec Raylene et Stéphanie, une jeune Française qui vit à Nouméa et qui vient de temps à autre à Auckland pour préparer son doctorat. Son père, ancien enfant de troupe de Tulle, lieutenant-colonel en retraite.

À l'université, dans les allées, les rues avoisinantes, surpris par le nombre d'étudiants d'origine asiatique.

Week-end sur l'île de Waiheke.

Ces dernières décennies, la majorité des habitants était constituée par des marginaux originaires d'Angleterre, d'Allemagne, de France, d'Europe centrale.

Mais depuis quelques années, des habitants d'Auckland y font construire des maisons secondaires, et l'île est devenue un lieu recherché.

Une côte très découpée. Succession de baies et de presqu'îles. De belles plages de sable.

Une anse flanquée de deux collines couvertes d'herbes et de buissons. Nous débarquons dans une baie déserte. Seul équipement : un ponton. La route monte dans les collines. Un petit village : une vingtaine de maisons qui se font face de part et d'autre de la route.

Dormi dans un cottage neuf et remarquablement agencé. Aucune faute de goût. Une perfection à laquelle j'ai été sensible. Nous avons parlé un peu avec la propriétaire, une Maorie souriante qui nous a fait visiter sa maison. Le matin, comme le temps était incertain, j'ai achevé de relire *L'Étranger*. Moment bizarre. Un tohu-bohu d'émotions. Celles qui me venaient de ce lieu, de cet endroit de cette végétation qui enveloppait le cottage. Celles qui m'étaient données par ce livre, par ce retour à l'œuvre de Camus, avec tout ce qu'il remuait en moi. Dans un essai de psychanalyse dont je viens d'achever la lecture, il est dit que Meursault est un grand déprimé. Comme ce côté du personnage m'avait échappé lors de mes précédentes lectures, j'ai voulu reprendre cet ouvrage et le lire avec attention.

L'Étranger est un des deux ou trois premiers livres que j'ai lus. Quand il m'est arrivé dans les mains, je n'avais aucune expérience de la lecture. Peut-être en raison des lignes par lesquelles il débute — *Aujourd'hui, maman est morte. Ou peut-être hier, je ne sais pas. J'ai reçu un télégramme de l'asile* (...) — ce récit m'avait fortement ébranlé. Par la suite, j'ai dû le relire trois ou quatre fois. Mais chaque fois, je me trouvais dans un tel brouillard d'émotion que je n'étais nullement porté à analyser les comportements de Meursault.

Meursault est bardé d'indifférence. Privé d'émotion, de sentiments, de toute volonté de diriger sa vie, il est absent à lui-même et au monde. Il n'a même plus de souvenirs. On ne sait rien de son enfance, de sa mère, de son passé, de l'absence du père... Après avoir tué, il n'a aucun regret, aucun remords. Il semble vide de toute humanité.

Meursault n'est pas Camus, mais il ne me paraît pas discutable que celui-ci a mis beaucoup de lui-même dans ce personnage. Quand il a commencé ce récit, Camus avait vingt-sept ans. Il n'était plus ce jeune homme qui, dans *Noces*, exultait de ferveur, d'une joie sensuelle de vivre. L'élan de la jeunesse l'avait quitté, et il se peut qu'il ait été aux prises avec une dépression dont il n'avait pas conscience. Cette dépression, elle a pu être causée par bien des facteurs, de différentes natures, de différentes importances : mort du père tué à la guerre quand il avait un an, mère mutique, plus tard clivage entre sa vie de lycéen et sa vie au sein d'une famille misérable et analphabète, plus tard abandon des études supérieures à cause de la tuberculose, échec d'un mariage, déceptions politiques, menace de la guerre, à quoi s'ajoutaient un quotidien terne, de petits boulots sans intérêt, un avenir flou — temps de doutes, de révolte, de désespoir...

Lorsqu'on reconstitue la chaîne des événements, on comprend qu'ils aient pu se solder par du découragement, une usure, une lourde souffrance. Or quand celle-ci n'est plus supportable, l'être cherche à y mettre fin en étouffant toute émotion, tout sentiment. Atteindre une totale insensibilité, une totale indifférence. Pour ne plus être en charpie. Pour ne plus saigner.

Dans l'exemplaire de *L'Étranger* que j'ai pu me procurer figure un bref avant-propos de Camus, texte que je ne connaissais pas. *Meursault*, écrit-il, *ne joue pas le jeu* (...) *refuse de mentir. Mentir, ce n'est pas seulement dire ce qui n'est pas* (...). *C'est dire plus qu'on ne sent* (...). *Il refuse de majorer ses sentiments. Loin qu'il soit privé de sensibilité, une passion profonde l'anime, la passion de l'absolu et de la vérité. Il s'agit d'une vérité encore négative, la vérité d'être et de sentir.*

Il ne me paraît pas que ces lignes puissent s'appliquer à Meursault, un homme qui précisément semble n'avoir aucun sentiment, aucune structure morale. Lorsqu'un être a *la passion absolue de la vérité*, il n'est pas le jouet des circonstances, il ne se laisse pas pousser sur un chemin autre que le sien, il ne pose pas des actes qui contredisent ce qu'il poursuit. En revanche, nul doute que Camus exprime dans ce texte un souci de vérité qu'il a toujours eu, une exigence à laquelle un écrivain doit être attaché plus que n'importe qui : être vrai dans les mots qui franchissent ses lèvres ou qu'il dépose sur le papier. Ne tolérer aucune discordance entre ce qui est vécu au sein de la réalité interne et le texte généré par ce même vécu.

Le problème est complexe. Tant que le moi n'a pas été éliminé, ce que nous percevons-ressentons-pensons est vicié par ses peurs, ses illusions, ses désirs, ses idées, ses croyances, etc. Pour que nos perceptions soient en accord avec notre tréfonds, il importe que le moi ait été détrôné. C'est à mon sens ce que Blake veut dire quand il évoque la nécessité de *nettoyer les portes de la perception*.

Mais à supposer que l'être ait des perceptions, un ressenti, un vécu conforme à sa nature profonde, un autre problème apparaît. Lorsque cette vérité opaque, complexe, difficile à capter est convertie en mots par la pensée, celle-ci peut la modifier, la travestir, la traduire d'une manière qui la défigure.

Avoir la notion du vrai et du faux quant à ce qui se vit à l'intime de nous-même, avoir la notion du vrai et du faux quant au rapport qui lie vécu et parole, vécu et écriture, avoir présentes ces deux notions à l'esprit exige du détachement, de la lucidité, autrement dit une bonne connaissance de soi.

Ces considérations, je pourrais les résumer ainsi : tant que la pensée est dominée par le moi, elle ne peut avoir conscience du vrai et du faux. Ce n'est qu'après s'être affranchie du moi qu'elle peut savoir si ce qui est exprimé a été ou non fidèle à ce qui est monté du fond de la nuit interne.

Fête des Français. Un chanteur belge. Un chœur rassemblant des femmes vivant sur l'île. Des stands.

Tout cela sympathique et bon enfant. Rencontré une Hollandaise qui a connu Jacoba, la sœur de Bram Van Velde. Journée un peu gâchée par le vent et le froid.

Inondations près de Wellington. De jeunes moutons sont morts dans l'île du Sud. Un avion de tourisme s'est perdu.

Danielle et Roger, un couple d'enseignants français maintenant à la retraite — ce qu'on a du mal à croire, tant ils paraissent jeunes. Deux êtres profondément bons. Ils ont enseigné à la Martinique, à la Réunion, en Nouvelle-Calédonie, et quand ils auraient pu rentrer en France, ils ont préféré rester en Nouvelle-Zélande et s'établir dans cette île de Waiheke.

En achetant leur maison, ils ont acquis tout ce qu'elle contenait. Vu le lieu où elle est située, un déménagement aurait posé des problèmes et serait revenu trop cher !

Leur maison est enfouie dans la verdure, sur une petite éminence, à l'écart de la route. Elle pourrait faire rêver bien des gens, mais en la quittant, il m'est subitement apparu que je ne peux vivre que dans une ville et que je ne voudrais surtout pas finir mes jours hors de France. La vigueur de cette prise de conscience m'a surpris.

Regret de n'avoir pas pu faire plus ample connaissance avec eux alors que nous avons eu un si bon contact. Danielle peint de délicates aquarelles pour lesquelles elle trouve des amateurs.

Au retour, sur le ferry, entre l'île et Devonport, une

femme m'a raconté sa vie. Elle a un certain âge, mais elle reste belle et je l'ai écoutée avec plaisir.

Elle est née en Inde de parents anglais. Son père était expert en thé et en café, une sorte de superintendant des plantations anglaises. De par sa situation, il fréquentait la haute société indienne et les maharajahs, lesquels vivaient dans un luxe inimaginable. Sa mère partait en croisière avec leurs épouses. Réceptions sur réceptions, fêtes dignes des mille et une nuits. Elle a eu une enfance de princesse.

Chassés de l'Inde en raison des bouleversements politiques, ses parents sont allés vivre en Malaisie. Devenu expert dans les domaines des huiles et du caoutchouc, son père a continué à ne fréquenter que des gens fortunés : sultans, grands propriétaires... (Tandis qu'elle me parlait, je pensais à George Orwell !). Mais bientôt, sans être âgés, ses parents sont morts. Comme ils étaient l'un et l'autre des enfants uniques, elle s'est retrouvée sans famille.

Elle est devenue l'épouse d'un Américain qui dirigeait une importante firme américaine basée en Asie. Elle a eu un fils et une fille, et elle a adopté deux petites Indiennes. Pendant une dizaine d'années, elle a vécu dans le luxe : splendide demeure, parc de plusieurs hectares, chevaux dont elle était propriétaire et qu'elle montait, voiture avec chauffeur, nombreux domestiques — chaque enfant avait une femme de chambre. Puis son mari l'a abandonnée. Il n'avait rien à lui reprocher, mais il avait rencontré une jeune Chinoise et résolu de vivre avec elle. Depuis ce jour, elle ne l'a plus revu et n'a reçu aucun signe de lui. Elle est alors passée d'un extrême à l'autre. D'une vie de privilégiée qui pouvait dépenser sans compter, elle est tombée très vite dans le plus complet dénuement.

Avec ses quatre enfants, elle est allée vivre aux Nouvelles-Hébrides, là où des peuplades vivaient — vivent peut-être encore — d'une manière primitive : hommes ne portant qu'un cache-sexe et femmes totalement nues.

En raison des lois sur l'immigration, elle n'a pu résider dans ce pays. Elle a donc gagné la Nouvelle-Calédonie. Elle y est arrivée sans argent, sans connaître un mot de français, sans avoir un métier et sans avoir jamais travaillé. Elle vivait avec ses enfants sous une tente, près d'une rivière. Avec eux, elle allait à la recherche de leur pitance dans une décharge où grouillaient des rats. Chaque fois qu'un enfant trouvait une bouteille en verre, il la brandissait en disant : « Maman, une baguette ! »

Les bouteilles étaient consignées, et en échange d'une bouteille, on leur remettait une baguette de pain.

Méprisée par les Caldoches, elle a pris de petits boulots évidemment mal payés. Parfois, elle ne recevait pas la totalité de son salaire, ou on le lui versait avec retard, ce qui pour elle et ses enfants n'allait pas sans conséquences.

Ses deux enfants qui avaient connu le luxe ont beaucoup souffert de ces conditions de vie pour le moins particulières, alors que les deux petites Indiennes qui avaient vécu des années dans la misère se sont adaptées sans problème à cette nouvelle situation. Ces deux petites filles étaient très sombres de peau, de sorte qu'elle avait deux enfants blancs et deux enfants noirs, ce qui était mal vu par les Caldoches dont beaucoup sont racistes. Une fois, un médecin a refusé d'examiner les deux petites dotées par la nature d'une peau noire.

C'est une battante, une femme au grand cœur, pleine de ressources. À la suite de je ne sais quels combats, de je ne sais quelles crises de désespoir surmontées, elle est parvenue à se rétablir et à faire faire des études à ses quatre enfants.

Elle vit seule et il lui manque d'avoir des racines, des parents, une famille. Elle a comme adopté deux vieilles femmes qui vivent en France où elle n'est jamais allée, et elle leur téléphone régulièrement et longuement.

Elle est maintenant propriétaire d'une maison que j'ai aimée. Construite sur pilotis au flanc d'une petite colline, non loin de la mer, et à la hauteur des grosses branches d'un arbre proche. De petites pièces situées à différents niveaux et dont l'organisation ne répond en rien aux schémas habituels. En somme, une maison qui lui ressemble.

« Le matin, me raconte-t-elle, en prenant mon petit déjeuner, je bénis la vie. Rien ne semble plus normal que de prendre un peu de nourriture quand une journée commence. Mais moi, pendant de longues périodes, je n'ai eu en me levant ni pain ni café, et je ne savais pas ce que j'allais manger au cours des heures qui suivraient. »

Après avoir connu de telles vicissitudes, il est beau qu'elle ne soit nullement aigrie et qu'elle continue de se donner à la vie.

De longues promenades dans les rues d'Auckland, une ville qui me plaît beaucoup moins que Wellington.

Dans le parc proche de l'université, un arbre bizarre, au tronc énorme, comme constitué de plusieurs troncs, avec des alvéoles, des vides, des renflements...

À Devonport, il existe un arbre semblable, peut-être encore plus vieux. Les branches basses émettent de curieux appendices qui descendent en direction du sol où ils finissent un jour par s'enraciner. Certains sont comme d'épaisses toiles d'araignée et on ne les regarde pas sans déplaisir. Ces deux arbres immenses sont vraiment à voir, et quand on les a vus, on ne peut les oublier.

En bordure du parc d'Auckland, deux sculptures m'ont intéressé. Une de Chris Booth, parente de celle qu'on peut voir au Jardin Botanique de Wellington : deux colonnes parallèles formées par l'entassement d'une vingtaine de blocs de granit, de taille et de formes différentes, comparables à de gros galets. Une œuvre tout autre du Japonais Hiroaki Ueda : deux monolithes verticaux en supportent un troisième, horizontal. Une belle pierre grenat avec de fines inclusions grises. Une œuvre qui relève sans doute de l'esprit zen, et qui m'a retenu de longues minutes.

Un après-midi passé au War Memorial Museum.

De remarquables collections d'art polynésien. Une pirogue de guerre de trente mètres de long, taillée dans un tronc de totara géant et pouvant transporter quatre-vingts guerriers. À mon plaisir s'est ajoutée l'émotion qui m'a envahi quand je me suis soudain rappelé que lors d'une escale à Auckland, Gauguin avait admiré ces mêmes objets, cette même pirogue.

Au sortir de ce musée, en raison de gros travaux effectués au bas de la colline, il n'était pas aisé de rejoindre le centre à pied. Nous demandons à une femme qui se promenait dans le parc où se trouvait la station de taxis la plus proche. Elle prend son téléphone et nous appelle une voiture.

À la City Art Gallery, surprise de découvrir une toile de Cézanne. Un vif plaisir. Comme si j'avais rencontré un ami cher. *À chaque touche, je risque ma vie.* Une toile de moyen format. *Paysage de Provence.* Des pins aux troncs grêles, un sol en pente, et en contrebas, un chemin et des maisons à peine indiquées. Des ocres, des verts bleutés, des verts éclairés de jaune pâle. Une belle toile. Après m'être empli de cette œuvre, j'ai renoncé à poursuivre ma visite.

Au National Maritime Museum, de nombreux bateaux, ceux des *settlers.* Des bateaux historiques. Ceux des Maoris venus de Polynésie, de Mélanésie, de Micronésie. Les tissages maoris. Les barques à balancier, ancêtres des trimarans. Les bateaux anglais, hollandais. Les vestiges des naufrages. Tout un étage consacré aux immigrants. La traversée durait de cinq à six mois. Une des cales où ils se morfondaient est fort bien reconstituée. Les mannequins sont tellement ressemblants qu'on en reste saisi. Promiscuité, puantes odeurs de vomi, manque d'eau pour la toilette, mauvaise nourriture, le continuel vacarme des vagues frappant les flancs du bateau, l'ennui, le mal de mer, les tempêtes, la peur du naufrage... Des enfants et même des adultes mouraient.

Pour nous donner une petite idée de ce que ces gens enduraient, le plancher de la cale est animé d'un mouvement de roulis et de tangage. Il a obtenu sur nous l'effet recherché !

Une exposition est consacrée à Peter Blake, navigateur au riche palmarès, véritable héros national en Nouvelle-Zélande, et qui a été sauvagement assassiné il y a deux ans en Amazonie.

Le dernier soir, dîner avec M. et Mme Izod. Un homme de quatre-vingt-treize ans, en pleine forme physique et intellectuelle. Ascendants anglais et irlandais. En Irlande, la maison de sa famille est en ruine.

Il a passé trente ans à Paris. D'abord en tant qu'étudiant. Ensuite, en tant que membre de l'Unesco. Il a connu Roger Caillois, Cortázar, U'Tamsi, le fils de Taha Hussein... Un vrai moment d'amitié avec cet amoureux de Paris qui me citait Montaigne et Saint-John Perse.

Avec son épouse, il va passer un mois à Canberra, chez l'une de leurs deux filles. Quand il a joué au rugby, il était demi de mêlée, et il a programmé ce séjour en Australie pour pouvoir assister à quelques matches de la World Cup. « Je veux aller joindre ma petite voix aux voix de tous ceux qui seront là pour les encourager. »

À l'aéroport, j'ai pensé à lui. Plusieurs groupes de supporters vêtus de noir s'apprêtaient à s'envoler pour Sydney.

La photo reproduite sur cette carte postale reçue il y a quelques jours, a été prise dans les Cévennes, sans doute au début du XXe siècle. Assis en arc de cercle, des femmes, un homme, des enfants ont sur les genoux un de ces gros sacs dans lesquels on transportait des pommes de terre, et ils retirent les cocons de soie accrochés à des branches de mûriers préalablement coupées. Ce qui me frappe, c'est la gravité, la tristesse des visages. J'ai souvent remarqué, sur des photos datant de l'ancien temps, combien les gens du peuple étaient tristes. Je fais la part d'une certaine tension qui s'emparait d'eux lorsqu'ils se trouvaient face à un appareil photo, et c'est bien une profonde tristesse que je lis sur ces visages et dans ces regards. Cela n'a d'ailleurs rien d'étonnant. Les gens avaient des vies rudes et les plaisirs étaient rares. Ceux de ma génération qui ont des origines populaires ont bien souvent connu eux aussi, au cours de leur enfance, des conditions de vie qui n'étaient pas des plus clémentes. Je me souviens... La neige, les hivers qui n'en finissaient pas, les chambres non chauffées avec la glace aux fenêtres, les draps humides, l'eau qu'avec deux arrosoirs j'allais chercher à la fontaine par tous les temps, les maigres repas, et ces moments où il fallait s'accroupir derrière les vaches, tout en les surveillant, afin que rien de fâcheux ne se produise...

En achevant cette note, je pense à ces femmes africaines vues sur le petit écran. Une cruche sur la tête et une cruche dans chaque main, elles font des kilomètres pour aller chercher de l'eau. Comparés à ces femmes et à ce que vivent des millions de gens dans les pays pauvres, on peut considérer que nous étions des privilégiés. Mais quand on a froid ou faim, il ne sert à rien de se dire que d'autres sont plus malheureux que vous. D'ailleurs nous étions dans une telle ignorance de ce qui se passait dans le monde, que nous aurions été bien incapables d'avoir de telles pensées.

Pour Anne qui prépare ma biographie, j'ai rassemblé quelques souvenirs, dont celui-ci. Je m'étonne d'ailleurs de n'avoir pas gardé trace dans mon *Journal* de cet instant qui fut pour moi d'une cruciale importance.

Un jour de mes vingt-huit ans. Je m'installe à ma table et y reste tout l'après-midi sans rien pouvoir écrire. Je suis totalement désespéré et me demande ce que je vais devenir.

Au terme de ces heures stagnantes, la voix intérieure comme épuisée a fini par se taire et je ne pense à rien. Je suis même dans un grand calme et il règne en moi ce silence particulier qui ne survient que lorsqu'on se trouve à pareille extrémité. Soudain, je vois en moi avec une absolue clarté. Je vois ce que je suis. Je vois mes atouts, ce sur quoi je peux compter, et la certitude m'est donnée qu'un jour je serai capable d'écrire, qu'un jour je serai un écrivain. Mais je vois en même temps ce qui pour l'heure m'entrave, et je comprends qu'un long temps devra s'écouler avant que je sois à même de me libérer, de m'ouvrir à l'écriture.

Ainsi ai-je dû prendre conscience que j'avais à laisser passer les ans tout en continuant de me préparer à la tâche. Mais comment se résigner à attendre quand on est dévoré d'impatience, quand le besoin d'écrire vous taraude, quand des blessures saignent qui demandent à être cicatrisées par des mots ? J'étais accablé. Je voyais clairement que je ne pourrais m'accomplir que dans le dernier tiers de mon existence. Mais comment allais-je vaincre mon impatience ? Comment allais-je vivre cette insupportable attente ? Comment allais-je endurer une telle tranche de temps en ne faisant que piétiner ? J'étais anéanti.

À la mort de son grand-père qui avait fait la Grande Guerre, un Néo-Zélandais a trouvé dans ses papiers *Les Rubayat*, d'Omar Khayam. Ramassé dans une tranchée, ce petit livre portait sur la page de garde un nom et un numéro de régiment. Cet homme a voulu savoir à qui avait appartenu cet ouvrage, et après de longues recherches, il a fini par retrouver son ancien propriétaire. Celui-ci était un Canadien, et ses petits-enfants lui ont appris qu'il était mort en 1942. Chose curieuse, il est apparu que ces deux combattants de la Grande Guerre qui ne s'étaient pas connus, avaient eu des existences en tout point comparables, marquées par les mêmes grands événements. Notamment, pendant le conflit, alors qu'ils étaient en première ligne, tous deux auraient dû mourir d'une balle qui les avaient atteints en pleine poitrine. Le Canadien avait été sauvé par ses jumelles. Le Néo-Zélandais, par un étui à cigarettes en argent.

Je repense à ce jour, en fin d'après-midi, où il m'avait été donné de voir celui que j'étais. La gravité de cet instant. Le désespoir m'avait élagué, évidé. Un vide absolu. Aucun désir, aucune angoisse, aucune pensée, aucun vouloir, aucune intention, aucune attente, aucune tension... Une paix. Un consentement. J'étais un, je coïncidais avec moi-même. Il se peut que cet instant n'ait eu aucune durée, mais il s'est gravé en moi à jamais.

Des instants analogues, j'en ai vécu à quelques reprises. Ils sont toujours survenus en fin d'après-midi, après une séance de travail. Peut-être parce que la fatigue me permettait de m'abandonner. Ils furent d'une autre nature, d'une autre teneur que celui dont je parle plus haut.

Au départ un même vide, une même paix, un même consentement. Un consentement à soi et à toutes les manifestations de la vie. Une plénitude ruisselante qui me livrait à l'immensité de l'amour. Mais chaque fois la félicité qui s'emparait de moi était accouplée à une souffrance du fond des âges. Comme si les extrêmes les plus éloignés se trouvaient réunis. Mais ces instants qui vous jettent hors du temps sont proprement ineffables, et rien ne peut rendre compte de ce qui est vécu lorsqu'ils vous sont accordés.

12 octobre

Originaire du Caucase, ce chauffeur de taxi est en Nouvelle-Zélande depuis sept ans. Il est heureux d'être ici. Il a fui son pays à cause de l'insécurité qui y règne.

Il n'a pas aimé le film de Sokourov tourné à l'intérieur du musée de l'Hermitage, à Saint-Pétersbourg. J'ai vu ce film, *Russian Ark*, tellement différent de son premier film d'une lenteur extrême, presque sans paroles. Film d'une grande beauté formelle, mais que j'avais trouvé ennuyeux.

14 octobre

Nulle frontière ne sépare le corps et la psyché entre lesquels les échanges sont multiples et fréquents. Or il manque à la langue française un mot qui nommerait cette indissociable totalité corps-esprit qui nous constitue. Mais si ce mot n'existe pas, c'est sans doute parce que ces deux réalités — l'une visible, l'autre invisible — ont toujours été pensées comme séparées, voire opposées l'une à l'autre.

De même, aucun terme n'est à notre disposition pour désigner cette entité grâce à laquelle nous percevons notre activité intérieure. Mais peut-être faudrait-il écrire : grâce à laquelle notre activité intérieure se perçoit elle-même. Cette entité, nous nous la représentons bien souvent comme un œil. Un œil qui peut être inerte et ne pas chercher à voir, à élucider ce qui l'entoure. Ou bien un œil éveillé, capable d'observer, mais qui, trop encombré, a une vision fausse de ce qu'il observe. Ou au contraire, un œil clair et lucide, résolu à faire apparaître la lumière et la liberté là où règnent ténèbres et confinement.

22 octobre

Ce matin, un inconnu est arrivé au cottage. Français, une vingtaine d'années. Un couple ami de ses grands-parents lui avait communiqué notre adresse. Il est en Nouvelle-Zélande depuis cinq semaines. Après avoir un peu visité le pays, il a fait de longues randonnées solitaires — ce qui était fort imprudent — dans les montagnes de l'île du sud.

Nous parlons, et soudain, il se met à pleurer. Depuis qu'il est ici, il a vécu seul, et dans les refuges et les bag-packers — analogues à nos auberges de jeunesse — il n'a rencontré que des étrangers, anglais, allemands, japonais. De plus il a découvert que se retrouver pour la première fois loin de son pays et de sa famille ne va pas sans perturbations. En entendant parler français, son angoisse s'est dénouée, et il n'a pu retenir ses larmes.

Après le déjeuner, il m'a raconté qu'il a des parents adorables, qu'il n'est pas sans amour, que ses études de biologie ne lui posent pas de problème, en bref, qu'il a toutes les raisons d'être satisfait de son sort. Or il n'est pas heureux. Et il s'en fait le reproche.

Je lui ai expliqué pourquoi il était compréhensible qu'il en soit ainsi. On peut être comblé sur les plans affectif, social, matériel, et n'avoir aucun plaisir à vivre. Pour éprouver ce bien-être où s'ancre la joie de vivre, il faut au préalable instaurer la paix en soi-même. Tant que cette paix ne s'est pas établie, on demeure désaccordé, incapable d'adhérer à la vie. Je lui ai parlé ensuite de la nécessité de se connaître, de devenir soi-même. Je lui ai parlé aussi des difficultés qu'on rencontre au cours de cette aventure, difficultés qu'il faut savoir accepter et surmonter.

C'est un garçon sensible, attachant, et j'aimerais que mes mots l'aient un peu apaisé et réconforté. Qu'ils aient réussi, de surcroît, à lui montrer le chemin sur lequel il faudrait qu'il s'engage s'il veut guérir de cette *maladie de l'âme* dont parlait déjà Épicure.

Il est décidé à écourter son séjour, et je l'ai recommandé à Céline, une charmante jeune Française qui travaille dans une agence de voyages et qui va s'occuper de lui procurer un autre billet d'avion.

24 octobre

L'Un n'a rien de nébuleux. Qu'il soit de l'ordre de l'indicible ne signifie pas qu'on soit autorisé à en parler avec des mots vagues, teintés de philosophie ou d'une littérature pseudo-spirituelle. Avant d'être objet d'analyse et de spéculations, il doit d'abord être vécu. Mais faire l'expérience de l'Un ne peut absolument pas être voulu. Une telle ouverture survient quand s'efface tout ce qui constitue la réalité interne. Aussi, me semble-t-il, l'Un ne naît pas d'une résolution des contraires, d'un accord des opposés, mais plutôt d'un état où l'être n'est que vide.

Devenu un, l'être est projeté dans l'immense, dans l'intemporel, et il connaît une félicité dont il ne peut prendre conscience qu'au passé, après qu'elle a eu lieu.

Shitao estimait qu'*il faut d'abord que la pensée étreigne l'Un pour que le cœur puisse créer.* Quand l'être est enraciné dans le soi, la pensée a une assise, et l'expérience de l'Un est vécue en rapport avec cette assise. Alors « le cœur » — cette région centrale où se concentrent nos ressources et nos énergies — peut libérer cette lave porteuse d'émotion où murmure ce qui veut être écrit. Irriguée par le soi et l'expérience de L'Un, l'émotion-pensée appose le sceau de sa singularité sur des mots qui participent de l'universel.

25 octobre

Entre ma fenêtre et la barrière qui me sépare de la rue, poussent diverses plantes, des fleurs, de petits arbustes. Dans ce fouillis, je vois briller en cet instant le fil qu'a tendu une araignée entre deux tiges distantes d'environ un mètre, et je me demande comment elle a pu passer de l'une à l'autre. Dans un premier temps, est-elle restée suspendue au fil qu'elle sécrétait, et dans un second temps, a-t-elle attendu que le vent la projette sur l'autre tige ? Peu probable. Alors par quel moyen a-t-elle réalisé cette opération que je ne peux imaginer ?

Ce fil qui brille et tremble me fait penser à Descombin. Il savait beaucoup de choses, et un jour, comme nous observions une araignée tissant une toile devant son atelier, il m'avait appris qu'avec tout l'arsenal technique dont il disposait, l'homme n'était pas capable de fabriquer des câbles ayant une résistance, une souplesse, une élasticité comparables à celles que possèdent les fils auxquels est suspendue une toile d'araignée.

26 octobre

Hier soir, séisme de faible ampleur.

En France, quand deux ou trois gamins jouent avec un ballon, celui-ci est toujours rond. Ici, il est inévitablement ovale.

Lorsque j'en vois, comme ces jours, sur un terrain proche, se faire des passes ou tenter des drops, je ne peux m'empêcher de m'arrêter et de passer un moment à les regarder. Je dois d'ailleurs me retenir, car j'ai un vif désir de me joindre à eux.

Je me sens parfaitement bien dans ce cottage aux pièces de dimensions réduites, mais bien éclairées par de larges baies.

L'autre jour, une descendante de l'homme et de la femme qui l'ont fait construire nous a appris qu'ils avaient eu onze enfants. L'un d'eux étant mort, ils ont donc vécu à douze dans cette petite maison. Comment ont-ils pu faire ? Comment ont-ils pu ne pas étouffer ? À force de vivre les uns sur les autres, on peut supposer qu'ils ont dû parfois ne plus pouvoir se supporter. Combien j'aimerais savoir ce qui, au long des années, s'est passé dans cette maison.

En fin d'après-midi, un jeune homme qui monte la rue et m'aperçoit à ma table me salue d'un grand signe de la main. Maintenant, chaque jour, je me surprends à attendre son passage.

Parfois, je me mets à l'affût là où s'élabore la pensée, où éclosent les mots, et je tente de suivre les subtiles opérations par lesquelles l'informe, vagissant et cherchant à naître, gagne en consistance, se structure, puis suscite les mots qui le font exister. (La manière dont je formule cela est sans doute contestable. Il n'y a pas deux entités séparées, soit un regard et ce qu'il regarde. C'est en elle-même que se déroulent les opérations qu'observe la pensée.)

J'ai passé l'après-midi à traduire avec Sara des poèmes de Vincent O'Sullivan. Le français n'était pas sa langue maternelle, mais elle en connaît toutes les nuances.

Sara avait un grand-père turc, une mère écossaise, un père égyptien. Elle a vécu en Égypte, au Soudan, en Angleterre, en Écosse, aux États-Unis..., il y a une douzaine d'années, elle a fait halte à Wellington. Elle doit approcher la cinquantaine, mais on lui donnerait vingt ans de moins. À plusieurs reprises, nous l'avons rencontrée en ville et elle est venue au cottage. Sans famille, sans racines, elle vit seule et son errance n'a pas encore pris fin. Je dois reconnaître qu'elle m'émeut, que je suis empli de compassion quand je pense au destin qui est le sien. Je lui porte une amitié qu'elle ne soupçonne pas.

27 octobre

Chaque année, un écrivain néo-zélandais reçoit une bourse qui l'envoie pour cinq mois en résidence à Menton dans la maison où a vécu Katherine Mansfield. Hier, cinq d'entre eux — trois femmes et deux hommes — se sont réunis et j'ai été invité à les rencontrer à la City Gallery. Un sujet de réflexion nous avait été proposé : « écrire chez soi ou écrire hors de chez soi ». Sujet intéressant. Le pays et l'endroit où travaille un écrivain ne sont pas pour lui sans importance.

Quand j'ai commencé à écrire, j'avais la chance de disposer de tout mon temps, et lorsque je me mettais à écrire, il fallait que je sois chez moi, seul dans une pièce, près des rares livres que je possédais. Pour surmonter l'angoisse que j'éprouvais à cet instant, j'avais besoin d'être à l'abri du monde extérieur. L'écriture tenait du secret, et il ne fallait pas qu'on pût me voir occupé à fouiller en moi-même.

Les années passant, j'ai beaucoup évolué, mon rapport à l'écriture s'est fait moins âpre, moins angoissant, et maintenant, je pourrais travailler hors de chez moi, dans un café, un train, ou assis au pied d'un arbre, en pleine campagne. Mais j'en parle comme d'une supposition, car en réalité, c'est encore mon bureau que je préfère à tout autre lieu. Quand un travail de longue haleine demande qu'on reste jour après jour à sa table pendant des heures d'affilée, c'est évidemment chez soi, dans un appartement douillet et protégé du bruit, qu'on jouit des meilleures conditions pour écrire.

Je suis maintenant à Wellington, à vingt mille kilomètres de chez moi, dans un pays où l'on parle une langue qui n'est pas la mienne et où à tout instant tout me rappelle que j'y suis un étranger, mais travailler là ne me pose aucun problème. S'il en est ainsi, c'est sans doute parce que je ne me sens pas isolé, que je suis bien logé et que je suis pleinement heureux d'être ici.

Il y a plusieurs années, j'ai lu avec un très vif intérêt, de l'écrivain uruguayen Eduardo Galeano, *Les Veines ouvertes de l'Amérique latine*, ainsi que trois autres de ses livres consacrés eux aussi aux pays du continent sud-américain. Quand j'ai aperçu son nom dans les « Dossiers et documents » du *Monde*, ma curiosité a été attisée, et j'ai aussitôt lu son article. Il y dénonce le régime infernal auquel sont soumis les joueurs de football dans les grands clubs. En jouant parfois tous les trois jours, ils n'ont pas le temps de récupérer, de sorte que pour surmonter leur fatigue, ils sont contraints de se doper. Quand ils relèvent de blessure, s'ils veulent très vite être en mesure de retrouver leur place, ils doivent là encore avoir recours à certaines substances. Ainsi prennent-ils de gros risques avec leur santé.

Le prétexte à cette chronique lui a été fourni par la mort, en juin dernier, de Marc-Vivien Foé, un joueur camerounais de vingt-sept ans, décédé à Lyon au cours d'un match.

Peu après sa mort, j'ai lu en France un long article où il était indiqué qu'il ne serait pas mort d'épuisement, mais d'une malformation cardiaque jamais décelée. Cela pourrait être vrai.

Enfant, il avait été élevé par son père d'une manière stricte. Il vivait avec rigueur et il semble qu'il était le dernier à pouvoir s'être dopé. C'était un homme intelligent, jouissant d'un grand équilibre, d'une profonde maturité, et il arrivait que des joueurs africains se tournent vers lui quand ils avaient besoin d'un conseil. Je n'ai pas oublié cette parole qu'il a dite et qu'on peut méditer : *avant d'être grand, il faut d'abord savoir être petit.*

29 octobre

Je préparais mon second bac, et lors d'un cours, j'avais eu un échange animé avec notre professeur de mathématiques. Je lui avais soutenu que quelqu'un qui faisait des études devait obligatoirement par la suite mener une vie répondant à toutes les exigences de la morale. Bien sûr, il avait vigoureusement réfuté ce que je disais. À l'époque, je n'aurais pas su expliquer d'où me venait pareille idée, mais je comprends maintenant qu'elle était l'expression de ce que je pensais inconsciemment. Je croyais que faire des études — mais je ne m'étais pas rendu compte que je n'envisageais que des études de lettres, de philosophie, de psychologie, de médecine — c'était acquérir de sérieuses connaissances sur l'être humain, la condition humaine, et non moins important, développer sa personnalité sur tous les plans. C'était aussi prendre conscience des problèmes qui se posaient à l'humanité et vouloir s'employer à les résoudre. Cette manière de voir procédait d'une immense ignorance, et un jour, il m'a bien fallu admettre que posséder un certain savoir et obéir aux injonctions de l'instance morale sont choses fort différentes.

Sous les dictatures qui ont marqué l'histoire du XXe siècle, c'est en grand nombre que des professeurs de médecine, des savants de toutes disciplines, des intellectuels et des penseurs réputés, des hommes d'Église ont vendu leur âme au diable.

Pourquoi certains êtres vivent-ils sous l'emprise d'une exigence morale stricte ? Et pourquoi d'autres, sans doute en plus grand nombre, n'entendent-ils jamais en eux la voix de cette exigence ? Ou s'ils l'entendent, pourquoi l'étouffent-ils ? Insondable mystère de l'être humain.

Dans *Le Monde*, un article sur ces cinquante à soixante mille malades mentaux qui sont morts de faim dans les hôpitaux psychiatriques pendant la guerre. En raison de l'histoire de ma mère, je n'ai pu le lire avec détachement.

Il rend compte d'une étude qui vient de paraître, étude où l'on apprend que le gouvernement de Vichy n'a pas organisé cette hécatombe. Il n'en demeure pas moins qu'elle a eu lieu et que ces hommes et ces femmes sont morts dans des conditions épouvantables. Alors quelles ont été les causes de ce drame ? La pénurie d'aliments qui frappait la France ne peut à elle seule l'expliquer. On sait maintenant que d'importantes quantités de nourriture ont été détournées par le personnel. Et aussi que le milieu psychiatrique s'est parfois montré perméable aux théories eugénistes du raciste Alexis Carrel qui fit passer en 1941 une loi conforme à ses vues. En 1938, un chef de service du Vinatier — le grand hôpital psychiatrique de Lyon — affirmait que « l'augmentation du nombre des tarés, des dégénérés, en un mot des déchets sociaux, contribue à la dégénérescence de la race et devient une lourde charge pour la société ». Les laisser mourir d'inanition était donc une bonne manière de les éliminer : elle ne coûtait rien à la collectivité.

Mais pourquoi le milieu psychiatrique a-t-il apposé pendant si longtemps une telle chape de silence sur cette tragédie ? N'était-ce pas une manière de reconnaître que nombre de ses membres en portaient la responsabilité ?

1er novembre

En inscrivant cette date pour consigner ici le poème qui me rôdait dans la tête depuis plusieurs jours et que je viens d'écrire sur un cimetière et sur des tombes, je me suis avisé que c'est en France la Toussaint, fête précédant le jour des Morts, ce à quoi je n'avais pas prêté attention. Aujourd'hui, nous n'avons pas eu « un temps de Toussaint » — journée maussade, ciel couvert et pluie — mais un très beau temps : température agréable, des nuages blancs courant dans le ciel, de vastes pans d'un bleu azur, et une douce lumière perlée. Mais en fin d'après-midi, le vent a soufflé de plus en plus fort, et il faisait frisquet.

Ce poème m'est venu facilement. Il est vrai qu'il s'était ébauché en moi avant que je me décide à le composer. Lorsque je l'ai tenu sous mes yeux, je n'ai eu que quelques mots à modifier. Je suis toujours surpris une fois que j'ai achevé un texte. Avant de le commencer, j'ai l'impression que je n'arriverais pas à organiser ce bouillonnement d'idées naissantes et de mots murmurants qui emplit ma tête. Puis je me mets à écrire, et alors, à mon grand étonnement, le texte qui s'élabore se développe avec une logique rigoureuse.

Chaque matin quand je descends la colline
je traverse un vaste cimetière
depuis longtemps abandonné

pour une part encore entretenu
pour une autre part laissé à l'abandon
Pelouses taillées et taillis impénétrables

Quatre ou cinq arbres tricentenaires
au tronc massif à l'immense frondaison
et que je me plais à contempler

Avec leur lourde croix certaines tombes
aux lourds blocs de pierre ont résisté au temps
mais d'autres ne sont que désolation

Je marche parmi des stèles penchées
ou renversées des tombes effondrées
enfouies sous les broussailles

parmi des dalles fissurées
des obélisques et des colonnes brisés
répandus dans l'herbe alentour

Au bas de la colline une rangée de briques
inscrit dans la pelouse les quatre côtés
de la fosse commune

Chassés de chez vous par la misère
vous êtes venus ici de tous les coins
du monde il y a plus d'un siècle

Et au lieu des vies espérées
ce ne fut qu'une autre sorte de misère
La transplantation difficile parfois impossible

Les terres à défricher les baraques
aux toits qui laissaient passer la pluie
les corps épuisés dormant à même le sol

Des vies de forçat pour simplement
pouvoir manger et survivre
Et toujours la misère

Toutefois une misère combattante
Plus jamais ces regards éteints
par la fatalité de l'impuissance

et du renoncement. Mais la détresse
que traîne tout exilé qui n'a plus
de racines vit loin des voix amies

des doux paysages de l'enfance
La mère laissée là-bas
et bientôt morte en ce pays

jamais revu. Mère au visage
estompé mais toujours
ô combien présente

Vous avez contribué à construire
ce pays mais de vous ne subsistent
que ces grilles rongées

par la rouille que ces pierres
rongées par le temps ces épitaphes
que je lis en passant quand les lettres

n'en sont pas totalement effacées
William Henry
Died August 15th 1884 — aged 21

Sarah Kate Levy
Born.................
Died at 28 years

Jane Hughes
Born at Oxton Hill, Birhenhead
England — Died at 47 years

Nathaniel J. Saacs
So loved So mourned
Aged 41 years

Sur une stèle les noms des enfants
de Francis et Hannah Buck
tous les cinq morts en bas âge

À votre époque on mourait jeune
vite fauché par la maladie
ou usé par le travail

Je marche à travers vos tombes
abandonnées et près desquelles
nul ne vient plus se recueillir

Je marche à travers vos tombes
et retentissent en moi les sombres
paroles de *L'Ecclésiaste*

Que retire l'homme de tout
son travail Que retire l'homme
de toute la peine qu'il se donne

Tous ses jours ne sont que douleur
et chagrin Tout est vanité
Tout est vanité et poursuite du vent

2 novembre

Hier, j'ai rencontré une jeune femme flamande, parlant assez bien français. Journaliste, elle a vécu en différents pays d'Insulinde, notamment au Timor oriental, en une période de troubles où, pour les Européens, le risque de se faire tuer était réel. J'ai été étonné d'apprendre qu'elle est venue ici dans le seul but de suivre des cours de « creative writing ». Elle a le projet d'écrire un livre sur son frère schizophrène à partir du *Journal* qu'il tient et des échanges qu'elle a avec lui. J'étais curieux de savoir ce que lui apportent ces cours. Il ne semble pas qu'elle y apprenne grand-chose. Ce qu'elle apprécie et qui n'a rien à voir avec les cours auxquels elle assiste, c'est d'avoir actuellement tout son temps pour travailler au livre qu'elle a entrepris. En continuant de parler, nous avons découvert que nous avons un ami commun.

Après l'avoir quittée, je me suis rendu compte que j'aurais dû prolonger cet instant. Qu'elle le désirait. Elle est passionnée par l'écriture, par les problèmes qu'elle pose, et j'aurais pu lui dire certaines choses. Nous nous sommes quittés sans penser à échanger nos adresses, et maintenant je le regrette.

Cela m'est arrivé à différentes reprises. Je rencontre une inconnue. J'ai avec elle un échange durant lequel passe entre nous un courant de compréhension mutuelle et d'amitié, mais ce n'est qu'après l'avoir quittée que je prends conscience qu'il aurait fallu poursuivre cet échange.

L'instant-éclair, le silence, les signes évasifs, avait noté Jankélévitch, *c'est sous cette forme que choisissent de se faire connaître les choses les plus importantes de la vie.*

Aujourd'hui, ciel sombre. Le vent gémit. Nos amis Polonceaux voulaient nous emmener pique-niquer sur la côte du détroit de Cook, mais il a fallu y renoncer. Là-bas le vent souffle à plus de cent kilomètres à l'heure, et on ne peut même pas s'y tenir debout.

3 novembre

Aujourd'hui Chris Laidlaw est venu au cottage et pendant deux heures je lui ai posé maintes questions. À l'instar de ses compatriotes, un homme direct, affable, d'une grande simplicité, de plain-pied avec la vie. Une des personnalités les plus connues de Nouvelle-Zélande.

Il est né à Dunedin, une ville de l'île du Sud. Ses aïeux ont fait partie de ces *settlers* venus ici en 1848 dans un pays où tout était à construire. Une arrière-grand-mère était originaire des îles Shetland, et un arrière-grand-père, du sud de l'Écosse. Ce dernier s'est d'ailleurs marié avec une Américaine au cours de son voyage, lors d'une escale à Sydney.

Chris a commencé à jouer à douze ans en tant que demi de mêlée. Et demi de mêlée il est resté tout au long de sa carrière. Quand il avait dix-neuf ans, alors qu'il était étudiant en histoire et en anthropologie à l'université d'Otago, il a été intégré à l'équipe nationale des Universités. Remarqué au cours d'un match, il a été immédiatement sélectionné dans la mythique équipe All Black de l'époque — mythique car réputée invincible. Il s'est retrouvé ainsi aux côtés des frères Clarke, des vedettes qu'il admirait de loin sans même oser rêver qu'un jour il pourrait les rencontrer.

Quand il était à Dunedin, une réception avait été donnée dans un grand hôtel pour fêter les succès de l'équipe dont il était capitaine. Il n'avait pas vingt ans. Or une loi stipulait que les jeunes de moins de vingt et un ans n'avaient pas le droit de se trouver dans des établissements où l'on servait de l'alcool. Un officier de police des plus sourcilleux et qui n'aimait pas les joueurs de rugby l'avait fait expulser et traduire en justice. Fort heureusement le juge ne s'était pas donné le ridicule de le condamner.

Il n'avait donc pas vingt ans lorsqu'il est parti avec les All Blacks pour une tournée qui les a conduits en Europe du mois de septembre 1963 à la fin février 1964. 36 matchs, 35 victoires ! Le troisième match avait été perdu contre le New Port et c'est pour le match suivant qu'il a été intégré à l'équipe. Un souvenir inoubliable. Mais surtout un souvenir lié à un moment de peur, d'angoisse, de panique. « Nous étions dans une vallée du Pays de Galles. Tout était noir et il pleuvait. Le vestiaire était vétuste, placé sous les tribunes et séparé d'elles par des tôles. Il y avait peut-être trente mille spectateurs qui chantaient à pleine voix des chants gaéliques. Il pleuvait à l'intérieur du vestiaire et le vacarme était tel qu'on ne s'entendait pas parler. Je me demandais où j'étais... Un moment vraiment impressionnant. D'autant qu'à cette époque les joueurs gallois sortaient de la mine. C'étaient des joueurs rugueux et je savais que ça allait être un match difficile. La veille on avait perdu et tous les Gallois espéraient qu'on allait tomber une seconde fois. Finalement, nous avons arraché une courte victoire par 11 à 9. »

Mais poursuivre des études tout en faisant partie d'une tournée n'allait pas de soi. Chris s'est imposé une sévère discipline. Quand il était libre, au lieu de sortir avec ses coéquipiers, il se claquemurait dans sa chambre d'hôtel et préparait ses examens.

La seconde fois qu'il a joué, ce fut à Colombes pour un test-match. C'est lui qui, par un drop, a crucifié les Français et donné la victoire à son équipe. La fête d'après match a duré toute la nuit et une partie du dimanche !

Dès ce premier contact avec la France, Chris Laidlaw est tombé amoureux de notre pays et a été pris du désir d'y revenir chaque fois qu'il le pourrait.

Lors d'une deuxième tournée européenne, en 1967, il se trouvait dans un pub à Bordeaux lorsqu'il a été appelé au téléphone. On lui apprenait que lui avait été attribuée une importante distinction : la Rhodes Scholarship, une distinction décernée à un étudiant reconnu pour sa valeur et ses capacités intellectuelles. Peuvent prétendre à cette distinction les étudiants de tous les pays du Commonwealth auxquels il faut ajouter ceux des États-Unis. On comprend dès lors l'importance que revêt cette distinction. De fait, devant l'étudiant distingué, ce sont toutes les portes qui par la suite vont s'ouvrir. Cette distinction prévoit que le lauréat ira poursuivre ses études à Oxford où se trouve une maison destinée à recevoir, année après année, ces brillants étudiants. Chris a cohabité avec un étudiant américain qui allait devenir quelque vingt ans plus tard président des États-Unis : Bill Clinton.

Ses études à Oxford se sont achevées par une thèse sur « Le mouvement racial dans les îles Fidji ».

Il a fait partie des All Blacks pendant sept ans jusqu'en 1970. Il en a été le capitaine en 1968 et à plusieurs reprises lors de différentes tournées. Demeurent deux mauvais souvenirs : en 1967, une grave blessure aux vertèbres l'a tenu deux mois dans une gouttière. Et une calamiteuse tournée en Afrique du Sud. La Nouvelle-Zélande ayant pris position contre l'apartheid, les joueurs Blacks ont été mal reçus, et les arbitres s'appliquèrent systématiquement à les faire perdre.

Au début de la saison 1971-1972, il a été contacté par les dirigeants du LOU, le Lyon Olympique Universitaire, qui à l'époque faisait partie de l'élite. Au cours du week-end passé à Lyon avec son épouse, tous deux ont été séduits par la ville et l'affaire a été conclue : il resterait à Lyon en tant que capitaine-entraîneur, premier joueur néo-zélandais à jouer à l'étranger. Quand les dirigeants lui ont demandé la somme qu'il exigeait pour signer le contrat, il les a stupéfiés en répondant qu'il ne voulait rien recevoir. Les règlements concernant l'amateurisme étaient encore stricts, et Chris ne voulait pas courir le risque de se voir un jour retirer sa licence. Il a donc joué tout en poursuivant des études à l'université. Ces mois passés à Lyon lui ont laissé des souvenirs qui ne se sont jamais effacés. À la faveur des déplacements, il a découvert Brive, Castres, Dax... — cités fort différentes, il va de soi, des villes néo-zélandaises — a profité de ses temps libres pour faire du ski à Chamonix, et aussi pour aller visiter l'Italie, l'Espagne et le Portugal. Les dirigeants du LOU ont su lui rendre le séjour agréable. Il se souvient que lui était régulièrement livrée en fin de semaine une caisse de bouteilles de champagne !

Cette année-là, le LOU est parvenu en quarts de finale du championnat de France, mais son capitaine-entraîneur n'a pu disputer ce match. Il avait présenté une demande auprès de son gouvernement pour entrer dans la diplomatie. Cette demande ayant été acceptée, il a dû rentrer à Wellington pour prendre son premier poste. À son départ, le LOU lui a offert une montre de valeur qui depuis n'a jamais quitté son poignet.

Il a cessé de jouer en 1972 après une tournée aux Fidji. Il a tourné la page sans autres regrets, happé par la nouvelle vie dans laquelle il se trouvait engagé. Par la suite, il n'a joué qu'un seul autre match, à Paris, sur invitation. Celui-ci avait été donné à la mémoire de Roger Couderc, et Chris avait eu plaisir à jouer aux côtés de ses adversaires de 1968, les Dauga, Gachassin, Lux, Maso, Trillo, Villepreux...

Pendant sept ans, il a fait partie de l'ambassade de Nouvelle-Zélande aux Fidji, à New York, à Paris où il est resté quatre ans. Durant la période où a éclaté la crise du pétrole, il a été chef de relations avec l'OPEP. Puis il a été secrétaire général du Commonwealth à Londres jusqu'en 1984. Après quoi il a résidé deux ans à Wellington, travaillant pour le Premier ministre dans le domaine de la politique étrangère. Nommé ensuite ambassadeur au Zimbabwe, avec accréditation auprès d'autres pays africains, il a créé des relations avec l'ANC, le mouvement impulsé par Nelson Mandela pour renverser le régime de l'apartheid en Afrique du Sud. En 1989, il était de retour à Wellington pour prendre un poste de conciliateur au sein d'une commission ayant à défendre les droits de l'homme dans les conflits interraciaux.

Lors de la consternante histoire — pour nous Français — du *Rainbow Warrior*, alors qu'il était en poste auprès du Premier ministre, il a participé aux négociations visant à obtenir un dédommagement, somme qui a alimenté le Fonds de recherche pour les îles du Pacifique. Lorsque la France s'est livrée à des essais nucléaires dans cet océan, il a élevé des protestations, ce qui ne l'a pas empêché d'œuvrer par la suite pour la réconciliation de nos deux pays.

Pendant un an, il a été élu au Parlement en tant que député travailliste. Mais lors de la campagne suivante, ses idées un peu trop avancées lui ont coûté son siège. Il a été ensuite directeur de la Commission néo-zélandaise qui intervenait dans le cadre du Fonds mondial pour la défense de la nature. Et en 1998, il a été élu pour quatre ans comme membre du gouvernement de la région de Wellington.

Tout en assurant ses différentes responsabilités, il a écrit de nombreux articles d'opinion sur le rugby et la politique, articles repris dans des journaux en Angleterre, en Australie et en Afrique du Sud. Actuellement, il est aussi producteur et animateur d'une émission de radio d'intérêt général. Diffusée le dimanche matin pendant quatre heures sur la chaîne nationale, cette émission bénéficie d'une large audience.

Bien évidemment, le rugby continue de faire partie de sa vie. Il intervient comme consultant lors des réunions nationales, et pendant quatre ans, il a été le directeur des Hurricanes, une sélection de joueurs de Wellington et des régions environnantes, formée en vue du Super 12 — compétition de haut niveau, retransmise par plusieurs chaînes de télévision, opposant cinq équipes de Nouvelle-Zélande, trois équipes d'Australie et quatre équipes d'Afrique du Sud.

Il a publié deux livres : *Boue dans votre œil*, consacré au rugby, et *Droit de passage*, un ouvrage sur l'identité des Kiwis et les problèmes posés par les différences de culture entre les peuples.

Dans un an on fêtera le centième anniversaire du

premier match France - Nouvelle-Zélande. Le président Lapasset a déjà invité Chris Laidlaw. Avec son épouse Helen, peintre, diplômée de l'École supérieure des Beaux-Arts de Paris et de l'École du Louvre, il compte bien se rendre à cette invitation. Il aura un intense plaisir à retrouver la France, à retrouver ses nombreux amis, anciens du Quai d'Orsay et anciens rugbymen.

« Que vous a appris le rugby ?

— Il m'a appris le sens de la vie collective. On doit savoir s'effacer pour se mettre au service de l'équipe et déployer le meilleur de soi-même. C'est assurément la meilleure des écoles. Rien de mieux pour vous préparer à la vie. »

4 novembre

Greg O'Brien, poète néo-zélandais que j'ai déjà rencontré à deux ou trois reprises, m'a écrit. Comme il sait que je ne connais pas l'anglais, il a eu la gentillesse de m'écrire en français. Mais son français est très approximatif. Pour s'en excuser, il achève sa lettre sur ces mots : « Je suis désolé pour ma française terrible ! »

5 novembre

J'aime m'entretenir avec des personnes dont la parole est l'expression aussi exacte que possible de ce qui se vit à l'intime de leur être. À l'inverse, il est des gens dont la pensée semble coupée de leur réalité interne. Ils peuvent avoir une parole facile et abondante, mais eux, ils bavent des mots sans substance.

En plusieurs occasions, on m'a demandé si je connaissais le plaisir d'écrire. Comme je répondais par la négative, je voyais qu'on ne me croyait pas. Pourtant, je disais l'exacte vérité. Je ne pouvais connaître ce plaisir, car l'écriture me conduisait à affronter mes conflits, mes tensions, mes blessures. Et chaque fois qu'il me fallait pénétrer dans ces lointaines contrées obscures défendues par un mur d'angoisse, je devais livrer un véritable combat. Tout plaisir en était obligatoirement exclu. Mais depuis que je suis ici, il en va autrement. Quand je m'installe devant ma feuille, je ne suis plus contraint, les mots me viennent plus facilement, je n'ai plus la crainte d'échouer dans la tentative que je vais faire de formuler ce qui veut venir au jour. Je peux donc admettre maintenant que j'ai éprouvé du plaisir à rédiger les notes de ce *Journal*, et aussi, le texte sur Eugène Leroy. Au reste, il me paraît évident que ce plaisir qui m'est venu est l'aboutissement d'une évolution commencée il y a déjà un certain temps et à laquelle je n'ai pas prêté attention.

Quand je suis dans le feu de l'action, je n'ai pas conscience de ce plaisir. C'est après coup, lorsqu'il prend fin, que je découvre qu'il avait accompagné mon travail.

Mais parfois, et même de plus en plus souvent, il y

a plus que du plaisir. Lorsqu'on est parvenu pour une grande part à se clarifier et s'unifier, la descente en soi n'est plus douloureuse. À l'évidence, elle est même recherchée. Car écrire, c'est aussi exciter la pulpe, et dans les meilleurs moments, n'être plus que cette vie qui ruisselle, bouillonne, entre en effervescence. Il ne s'agit plus alors de plaisir, mais d'une intense jouissance de soi.

Au cours de ces dernières années, on m'a également demandé si je ne craignais pas que tarisse un jour la source d'où montent mes mots. Je crois que je n'ai pas à avoir cette crainte. Lorsqu'on adhère à soi et qu'on reste en prise sur la vie, on a forcément des choses à dire. La nécessité d'écrire se confond avec le désir d'éprouver cette jouissance qui exacerbe le besoin qu'on en a. Besoin de la rechercher. Besoin de l'aiguiser toujours davantage.

9 novembre

« Mystic Paintings », ai-je lu sur un programme. Bien que sceptique, je suis allé voir cette exposition. Au premier coup d'œil, j'ai compris.

L'auteur de ces peintures était là. C'est une femme iranienne, d'environ trente-cinq ans, et qui n'est ici que pour quinze jours, le temps que durera son exposition. Il est évident qu'elle n'a pas encore rencontré la peinture, qu'elle ignore même ce qu'elle peut être. Rien ne vient d'elle dans ce qu'elle peint. Tout est convention. Une fausseté absolue.

Par le truchement d'une amie, j'ai un peu parlé avec cette femme de Nîffarî et de Rûmî dont elle prétend s'inspirer. Mais je me suis rendu compte qu'elle n'a de ces œuvres qu'une connaissance extérieure, superficielle. Quand quelqu'un vous parle d'un sujet que vous connaissez, vous discernez très vite d'où vient ce qui vous est dit, de quelle source, de quelle région de l'être.

Les pauvres choses qu'elle montre ne peuvent faire illusion à quiconque sait regarder la peinture. Quand elle m'a appris qu'elles ont été précédemment exposées à l'université Columbia de New York dans le cadre d'une journée consacrée à Rûmî, j'ai été consterné.

10 novembre

À une lycéenne :

Je vous remercie pour votre lettre. Sa spontanéité, sa liberté de ton, son contenu m'ont frappé. M'ont d'autant plus frappé qu'à votre âge je n'aurais pas été capable d'écrire une telle lettre. Vous avez dix-sept ans et vous vivez une période extrêmement importante. Sans doute aussi difficile. C'est une période d'éveil, de découvertes, de tumulte. Tant de choses surviennent qui vous ébranlent et vous travaillent.

Que puis-je vous dire ?

Ne vous mentez jamais. Veillez à être vraie, c'est-à-dire vous-même. Vivez pleinement vos émotions et vos sentiments. Sachez écouter votre instinct et vos intuitions. Vous préserver, dans la mesure du possible, de cette confusion qui règne de nos jours dans tant de domaines. Ne vous laissez pas bluffer. Dans ce qui vous est dit, dans les journaux et magazines que vous lisez, efforcez-vous de voir où est le vrai et où est le faux...

Ce sont là des évidences, mais un jeune qui se cherche peut avoir profit à les découvrir et les méditer.

Avant de nous quitter, debout dans le couloir, N... — née au cœur du désert australien, elle y a vécu jusqu'à l'âge de dix-huit ans — m'apprend qu'elle a lu *Lambeaux*, et dans le prolongement de cette lecture, elle nous parle un peu d'elle et de sa famille.

À la suite d'une dépression nerveuse survenue après un accouchement, sa grand-mère a été enfermée dans un hôpital psychiatrique.

Elle-même, alors qu'elle avait quelques mois et que sa mère était tombée malade, a été placée en institution. Elle en a été marquée pour la vie. Quand son père lui rendait visite, elle ne pouvait le voir. Une vitre opaque les séparait, soi-disant pour éviter qu'elle ne pleure. (Ce plaisir que prennent tant d'adultes à faire souffrir des enfants!)

Elle n'a jamais pu aimer sa mère, et c'est avec son père qu'un lien s'était créé.

Quand elle avait une quarantaine d'années, un jour, son mari, qui est passionné de rugby, lui dit son intention d'aller voir un match. Cet homme, je le connais un peu. Je sais qu'il est quelqu'un de qualité, respectueux d'autrui, et que son désir d'assister à un match n'avait pas à être pris en mauvaise part. Or en apprenant qu'il allait s'absenter pendant deux ou trois heures, elle lui a fait une scène. Une scène violente, inexplicable, incompréhensible. Sa peur d'être abandonnée avait resurgi.

12 novembre — Dunedin

La maison est construite au bord de la plage, sur une petite éminence. Devant elle, le Pacifique. En cette fin d'après-midi, je suis seul dans ce salon situé en haut de la maison, ouvert sur l'océan par de grandes baies, et j'assiste à un fastueux spectacle. Les lames arrivent du large, s'élèvent, deviennent de hautes vagues blanches d'écume, et le vent leur arrache des panaches d'embruns. Puis les rouleaux s'écroulent, progressent encore en grondant, et les déferlantes viennent mourir sur le sable dans un bouillonnement d'écume. Une vingtaine de surfeurs évoluent à l'intérieur des rouleaux. En cet instant, j'entends la cloche signalant qu'un requin s'est approché des côtes. Il y a deux ans, un baigneur est décédé après avoir eu les deux jambes dévorées.

À la pointe du cap, les vagues s'écrasent contre la falaise, et éclatent en de hautes gerbes d'écume.

Après une journée de pluie, les nuages laissent filtrer une lumière rasante qui rend cette blancheur de la plage encore plus éclatante.

Les différents gris des nuages chassés par le vent.

Les trouées d'un bleu pâle. L'océan d'un gris-noir, puis d'un gris plus clair, puis d'un vert de jade.

Tout près, des eaux animées d'un mouvement incessant. Au loin, le calme de l'immensité.

Ce matin, encore couché, j'ai écarté le coin du rideau, et ce fut le choc : la blondeur de la lumière sur cette immensité d'un bleu-noir. Le grondement sourd du ressac.

Plus tard, un long moment de contemplation. Soudain l'être n'a plus de limites, et il s'épanche, calmement exulte.

Sous la pluie — les changements de temps sont ici brutaux — visite rapide du stade où se jouent les matches de rugby.

Puis à l'Art Gallery récemment ouverte, une importante exposition des Préraphaélites, ces peintres anglais qui ont été en activité dans la seconde partie du XIXe siècle. Je ne connaissais ni ces peintres ni leurs œuvres. J'ai été intéressé, car certaines toiles vous arrêtent, mais pas séduit. Il a manqué, me semble-t-il, à ces peintres ce qu'on appelle dans le zen « l'Esprit de la Voie ». D'indéniables talents, mais le regard s'est trop tourné vers l'extérieur. Il eût mieux valu qu'il s'inverse et explore le noyau interne.

Déjeuner dans un pub avec notre hôtesse Annie à plusieurs kilomètres de la ville. L'ameublement, les revêtements et la décoration des cafés sont habituellement d'une telle laideur, qu'il me faut noter ici combien j'ai eu plaisir à me trouver en un lieu où tout a été réalisé ou choisi avec le goût le plus sûr : boiseries, moquette, rideaux, tissu des sièges et des fauteuils... Seules m'ont déçu les peintures ornant les murs. Elles sont d'un peintre local considéré en Nouvelle-Zélande comme un peintre de premier plan. Au vu de ces toiles qui m'ont paru démarquées de Tàpies, je dois avouer que je ne comprends pas l'importance qui lui est accordée.

Soit dit en passant, on n'est jamais insensible à l'atmosphère d'un lieu — appartement, café, rue, paysage rural ou citadin... — même si on n'en prend pas conscience. Certains vous apportent du bien-être. D'autres vous rendent maussade, vous dépriment.

L'après-midi, musée d'Otago. Riches collections consacrées à l'art du Pacifique, à la mer, à l'époque coloniale.

Avant-hier, de Christchurch à Dunedin, l'avion volait à moyenne altitude. Alors qu'on venait de quitter l'aéroport, j'ai pu compter de mon hublot en quatre ou cinq secondes pas moins de neuf pistes d'entraînement pour les chevaux, les réunions hippiques étant ici fréquentes.

Le Canterbury : une vaste plaine, très riche. Les champs à la rigueur géométrique. Les couleurs des terres, des prairies, des champs couverts de cultures. Les chaînes de montagnes toutes blanches. Le large lit des fleuves parfois méandreux et où ne coule que peu d'eau. Autant de bras qui se séparent, se retrouvent et sillonnent à travers les bancs de sable. Celui-ci d'un gris clair et l'eau d'une couleur bizarrement turquoise pâle.

À l'arrivée, Annie nous a fait découvrir la ville et

ses alentours. Dunedin est construite pour une part sur des collines entourant le fond du golfe. De belles maisons avec des azalées et des rhododendrons en pleine floraison, énormes bouquets rouges, ou mauves, ou d'un blanc rosé. De majestueux bâtiments victoriens et édouardiens vous feraient croire que vous êtes en Angleterre, ou plutôt en Écosse, puisque cette ville a été fondée par des Écossais.

Dans l'ancien temps, plusieurs milliers de Maoris nomades vivaient de la chasse sur les côtes d'Otago. Quand survinrent les chasseurs de phoques et de baleines, il y eut d'inévitables conflits. En 1813, les Maoris tuèrent et dévorèrent quatre marins.

Les premiers pionniers sont arrivés en 1848 et dans les années 1860, des gisements d'or et de diamant furent découverts. Il s'est produit alors une ruée vers l'or comparable à celle qui eut lieu en Californie. Trente-cinq mille prospecteurs affluèrent, et la ville connut un prodigieux essor. De douze mille, elle passa à soixante mille habitants. Saloons, cercles de jeu, maisons closes... Mais aussi, banques, et par la suite, la première université du pays, la première faculté de médecine, les premières filatures, le premier quotidien, les meilleures écoles... Mais après un quart de siècle, les filons s'épuisèrent et la ville perdit de son importance.

Annie est née à l'île Maurice où elle a vécu jusqu'à dix-neuf ans. Elle parle d'une voix douce, avec lenteur, sans prononcer les r, et je savoure le charme de sa manière de parler.

13 novembre

Ce matin, le soleil étant revenu, Claudie, notre guide suisse, nous a emmenés en voiture jusqu'à l'extrémité de la péninsule d'Otago, longue d'une vingtaine de kilomètres.

Arrêt. À flanc de colline, des terrasses, des pelouses, des arbres couverts de fleurs. Sur l'une de ces terrasses, Claudie nous apprend que son mariage civil a été enregistré là. Étonnement. Explication. En Nouvelle-Zélande, quand un homme est reconnu pour son honnêteté, son civisme, sa valeur humaine, quand de surcroît il est disposé à se dévouer à la communauté, et à la condition qu'un certain nombre de personnes répondent de lui en présentant sa candidature, il reçoit un titre qu'on pourrait traduire par « Juge de paix ». Sans avoir une formation juridique et quel que soit son métier, il est alors habilité à assumer certaines tâches administratives. Entre autres, jouant le rôle du maire, il est autorisé à célébrer des mariages. Ainsi, à l'invitation de jeunes gens qui veulent contracter leur union dans des lieux et des conditions non conventionnels, il arrive qu'il les marie sur une plage, dans un hélicoptère, ou à l'instant de se jeter dans le vide lors d'un saut à l'élastique.

La route suit la côte. Étroite et sinueuse, elle a été construite par des forçats. À l'arrivée, une halte près de la mer. Deux otaries à fourrure couchées dans l'herbe. Nous étions près de la plus grosse, mais elle n'a pas bougé. L'autre a glissé sur des pierres et s'est mise à l'eau. Les otaries peuvent attaquer quand on se place entre elles et leurs petits.

Avons vu planer des albatros. De ces oiseaux, je ne connaissais que le nom, inscrit dans ma mémoire par un vers de Baudelaire : *Les albatros, vastes oiseaux des mers*... Une colonie de ces oiseaux vit à la pointe de la péninsule — phénomène unique au monde. Avec une envergure pouvant atteindre trois mètres, ils sont capables de voler à plus de cent kilomètres à l'heure et de faire le tour du globe. Le couple est formé pour la vie. Lorsque les petits sont devenus autonomes, le mâle et la femelle se séparent et descendent jusqu'en Antarctique. Tous les deux ans, ils reviennent pour nidifier, et chose étonnante, ils arrivent presque en même temps, à quelques heures près. Depuis des années, des spécialistes les étudient. Ils sont répertoriés, bagués, et on connaît bien maintenant leur mode de vie. Âgée de soixante ans, *Grandma* est célèbre à Dunedin !

De l'autre côté du golfe, les montagnes sur lesquelles jouent les ombres et la lumière. Le vert-noir des sapins, le vert terne et gris du bush, le vert éteint des landes et le jaune moutarde des vastes étendues de genêts en fleurs. Intense plaisir à contempler ces paysages côtiers d'une grande beauté.

Visite trop rapide. Il nous manque de nous être promenés dans les parcs, et surtout, d'avoir visité la gare, un imposant édifice de style flamand, l'un des plus beaux et des plus anciens bâtiments du pays.

14-15-16 novembre — Akaroa

Il y a des millions d'années, deux volcans ont créé une île au sud-est de Christchurch. Par la suite, des séismes ont ouvert en chacun une large brèche où la mer s'est engouffrée. Plus tard, l'île a été reliée au continent par de la lave et des dépôts alluviaux. Des photographies prises en haute altitude permettent d'avoir une vision d'ensemble du volcan le plus à l'est. Relief tourmenté. Succession d'éperons rocheux et de profondes vallées. Promontoires escarpés. Côte découpée.

Le village d'Akaroa est logé au creux du cratère de ce volcan, dans une anse au fond de la baie. Des paysages de toute beauté. C'est maintenant un endroit recherché où des gens fortunés, souvent des étrangers, font construire de belles demeures.

Un baleinier français accosta ici en 1838. Deux ans plus tard, quand des pionniers français y débarquèrent avec l'intention de fonder une colonie, les Anglais venaient de proclamer leur souveraineté sur la Nouvelle-Zélande. Ces pionniers seraient-ils arrivés cinq jours plus tôt, l'archipel serait sans doute français aujourd'hui.

Quelques maisons arborent le drapeau tricolore et des rues portent encore des noms français. Mais la présence française n'est plus qu'un souvenir. Les descendants des pionniers sont tous désormais des Néo-Zélandais à part entière.

Sur un trottoir, trois gros chaudrons qui servaient à fabriquer de l'huile à partir de la graisse de baleine.

Les Maoris étaient des guerriers. Les tribus se livraient de fréquents combats, et on nous a montré la presqu'île où, à la fin du XIXe siècle, une tribu en a massacré une autre, le cannibalisme étant pratiqué sur les vaincus.

Rencontre à la Coronation Library, une maison en bois toute simple, construite par les Français en 1875, et n'ayant qu'une seule pièce. Une grande table oblongue entourée de vieux et lourds fauteuils en cuir. Sur les murs, des rayons de livres. Une bâtisse où l'on ne pénètre pas sans émotion quand on connaît un peu son histoire. Avant qu'on se sépare, avons fait la connaissance de John et Jenny, les amis de Béatrice Inzani.

Le samedi matin, en me promenant sur la jetée, revu le jeune Français rencontré hier. Originaire de Valence. Il a vécu aux États-Unis et au Sénégal. Il effectue un tour du monde en travaillant plusieurs mois dans le pays où il choisit de s'arrêter. Après la Nouvelle-Zélande, il se rendra au Japon.

Avec Martine Marshall, nous rendons visite à une femme peintre et sculpteur. À la Coronation Library, j'avais remarqué au fond de la pièce une femme portant un galurin bizarre, et c'était elle. Des cheveux bleus hirsutes, un regard amusé, le sourire facile, une grande simplicité. Son pouvoir créateur, époustouflant, s'exprime de multiples manières dans son jardin, dans les pièces de sa maison, et surtout, dans des peintures et des sculptures en métal. Art baroque qui tient de l'art brut. Tout ce qui l'entoure, elle l'a créé, refaçonné, reconstruit, réorganisé. Une bigresse de bonne femme avec qui j'aurais aimé longuement parler.

Séance de photos chez un photographe français qui s'est établi là après avoir vécu quelques années à Londres où il fréquentait les milieux de l'underground. Puis à Toronto, Vancouver... Il effectue actuellement de gros travaux dans sa maison. Son épouse vient d'avoir un bébé, et pour tous les deux, c'est un grand bonheur. Une bonne conversation avec lui. Il a parcouru le chemin qui permet d'avoir de soi-même et d'autrui une vision claire et lucide — j'entends par là une vision non déterminée par le moi.

Déjeuner avec Martine. Originaire de Lille, elle vit à Christchurch où elle est professeur et consul honoraire. Elle nous a parlé d'une tradition qui avait encore cours dans un village du Nord entre les deux guerres. Une fois par an, quelqu'un racontait en public les faits marquants de la vie du village. On conçoit que bien des choses devaient être dites à mots couverts, avec humour et subtilité. Cette chronique, c'était « les sentences du coq », le coq du clocher, lequel était censé tout voir de ce qui se passait dans le village. Lorsque cette chronique s'achevait, un coq était sacrifié.

L'après-midi, John nous a emmenés nous balader en quatre-quatre sur les crêtes. De vastes landes sans arbres où paissent quelques rares moutons. Des vues sur la baie, sur le cratère, sur les montagnes. À la pointe de la Banks Peninsula, de hautes falaises d'où l'on entend à peine le grondement des vagues s'écrasant contre elles. Du promontoire où nous étions, on peut apercevoir parfois des dauphins, des baleines ou des requins, mais nous n'avons rien vu.

Immensité du ciel. Immensité de l'océan. Et la vive lumière. Des minutes hors du temps, alors que l'être n'est que calme félicité.

John nous a ensuite emmenés, en bordure de mer, à Kaik, un village maori. De l'autre côté de la route se trouve la maison commune des Maoris qui sert aux rencontres, aux réunions, aux cérémonies, et joue un rôle important dans leur vie sociale. Elle est d'ailleurs toujours ornée de sculptures et de panneaux sculptés, tant à l'intérieur qu'à l'extérieur. À la fin du XIXe siècle, quand les Maoris ont été menacés de disparaître, ce sont ces maisons qui les ont aidés à retrouver une identité et qui ont été pour beaucoup dans la renaissance de leur culture.

Une minuscule et élégante église entourée d'une pelouse. Avec la sculpture dressée tout près et les panneaux sculptés encadrant l'entrée, elle est comme une réplique de la toute proche maison commune des Maoris.

Alors que nous retournions à la voiture, un Maori que connaît John nous a invités à le rejoindre et à visiter cette maison, dont, avec un autre sculpteur, il a exécuté les panneaux et les sculptures. Avant d'y pénétrer, nous avons dû retirer nos chaussures. Nul autre que lui n'est autorisé à parler des œuvres qu'il a créées.

Ce sculpteur a environ trente-cinq ans. Le corps grand et sec, bien proportionné. Le visage aux traits fins, à la peau ambrée. Durci par un soupçon de crainte, le regard aigu vous sonde avec insistance, sans remarquer qu'il est lui aussi observé par le regard qui lui fait face.

En tant que sculpteur, il veut rénover la tradition, et pour cette raison, il est en conflit avec les Anciens. Si j'ai bien compris, ceux-ci lui reprochent également d'avoir laissé entrer des femmes dans l'atelier où il travaillait aux panneaux destinés à la maison commune. Je me souviens avoir lu dans des ouvrages d'ethnographie que dans les sociétés dites primitives, les femmes n'ont pas le droit de s'approcher de ce qui est considéré comme sacré — masques, vêtements, objets, lieux... Parce qu'elles perdent du sang, elles sont susceptibles de souiller ce qui ne supporte en aucun cas la moindre souillure. À leur contact, le sacré se désacralise.

Après, nous sommes passés prendre une tasse de thé dans la maison où John vient en week-end avec sa femme et ses deux grands fils. On y accède en descendant un sentier. Elle est construite parmi des arbres et sur une pente escarpée. On voit la mer en contrebas d'un tunnel de verdure.

Le soir, dans un pub, retransmission de la demi-finale de la World Cup, Nouvelle-Zélande-Australie, un pays proche avec lequel la rivalité, sur le plan sportif, est toujours vive. Tout le pays était derrière son équipe, et convaincu qu'elle ne pouvait que l'emporter. Enthousiasme, excitation, ferveur. Mais au fur et à mesure que le match se déroulait, les cris, applaudissements et commentaires se sont faits moins bruyants. À la fin, il a bien fallu admettre que les All

Blacks avaient été dominés. Le pub s'est lentement vidé. Au silence qui régnait, au peu de paroles échangées d'une voix éteinte, on sentait combien ces hommes et ces femmes étaient déçus, mortifiés.

Christchurch — 17-18-19 novembre

On nous avait vanté les beautés et le charme de Christchurch, deuxième ville du pays après Auckland, mais ce lundi matin, froid et pluie battante. La neige est tombée sur les crêtes où nous étions hier. Ici comme à Dunedin, quand se lève le vent en provenance de l'Antarctique, il se produit de brutales chutes de température. Une fois, vingt degrés en quelques minutes.

Nous nous sommes réfugiés à l'Art Center, vaste édifice tout en verre récemment inauguré. Des œuvres intéressantes de peintres néo-zélandais. Chaque fois : qui étaient ces hommes ? comment ont-ils vécu ? quel a été leur parcours ? Acquis un beau carnet en moleskine en pensant à Bruce Chatwin qui les achetait par dizaines.

Trop bref échange avec cet homme d'origine chinoise, docteur en mathématiques d'une université parisienne. Il est, paraît-il, un puits de science, et l'on m'assure que s'il vivait au Japon, il serait institué « Trésor national ». Son père était chercheur d'or.

J'ai été étonné d'apprendre qu'un de mes livres se trouvait à la bibliothèque municipale, et je l'ai été davantage lorsque j'ai su que ce livre est un exemplaire de *L'Année de l'éveil* traduit en chinois.

À l'université de Christchurch, comme dans les autres universités de Nouvelle-Zélande, les étudiants d'origine asiatique sont nombreux. Le gouvernement s'emploie d'ailleurs à les attirer, car c'est pour lui une source importante de revenus. Mais ces étudiants sont en général plus argentés que les étudiants du cru. Pour payer leurs études, ceux-ci sont obligés de prendre de petits boulots, de se transformer le plus souvent en serveurs de café ou de restaurant. La fatigue et les pertes de temps qui en résultent nuisent à leur travail et compromettent leurs chances de réussite aux examens. D'où des rancœurs à l'endroit de ces étudiants étrangers plus favorisés qu'eux.

Une douce journée de soleil. Promenade dans Hagley Park. Visite du Canterbury Museum où est reconstituée une ancienne rue de Christchurch, avec ses magasins, ses échoppes, ses artisans... Une salle est consacrée au moa — cette sorte de grosse autruche qui servait d'alimentation aux Maoris avant l'arrivée des Pakehas. Une aile où est retracée l'histoire des expéditions en Antarctique. C'est d'ici que partent les scientifiques qui s'y rendent.

Chez Martine Marshall — une maison cachée, intime, où j'aimerais vivre — rencontre d'Akli. Lorsque notre XV national se rend dans l'archipel, c'est lui qui, depuis une vingtaine d'années, se charge de le recevoir, de régler certains problèmes d'intendance.

22 novembre

Dans le journal d'aujourd'hui, en première page, un article sur le tremblement de terre qui détruira en partie Wellington un jour ou l'autre. Il est accompagné d'une photo — simulation montrant que tout ce qui était droit est devenu courbe : les môles, les quais, l'autoroute pénétrant dans la cité, les ponts et passerelles qui la franchissent, les immeubles, les buildings... Mais la vision proposée est très en deçà de ce qui va se passer.

Depuis un mois, quatre secousses ont été enregistrées, la plus forte étant notée 4,4 sur l'échelle de Richter. Leur épicentre était situé sous la mer ou dans le sous-sol. De tout l'archipel, le lieu où s'élève Wellington est le plus menacé. Une des quatre lignes de fracture, très active, passe par le centre de la ville, là où se dressent les buildings.

Au grondement qui précédera la secousse succédera le fracas de tout ce qui va s'effondrer. Des incendies éclateront et la ville sera privée d'eau, de gaz et d'électricité. Chaque jour, en période normale, soixante-dix à quatre-vingt mille usagers de la route se rendent à Wellington ou en partent. Mais après ce séisme, les voies d'accès seront coupées, et les sauveteurs, empêchés d'intervenir.

Les spécialistes supposent que lors de cette secousse qui pourrait atteindre jusqu'à 7,5 sur l'échelle de Richter, il y aura des milliers de blessés, de morts, de personnes enfouies sous les décombres. Les dommages physiques, pertes et dégâts, sont estimés à vingt billions de dollars, tandis que le coût économique de cette catastrophe s'élèvera à quarante billions de dollars.

En conclusion, l'auteur de l'article invite les habitants de Wellington à préparer de l'alimentation pour trois jours, à stocker neuf litres d'eau par personne, à garder à portée de main une torche, un transistor, une trousse de première nécessité.

Quand ce séisme se produira-t-il ? Dans une semaine, dix mois, quarante ou cinquante ans ? Nul ne peut le prévoir.

23 novembre

Au musée de la Mer de Wellington, on peut voir un film de cinq minutes sur le naufrage du *Vahiné* survenu dans la journée du 10 avril 1968. Ce bateau de quelque neuf mille tonneaux, avec à son bord plus de sept cents passagers, avait quitté la veille Lyttelton, le port de Christchurch, et se dirigeait vers Wellington. Mais le matin du 10 avril, une terrible tempête a subitement fait rage. Un vent qui soufflait à cent soixante kilomètres à l'heure. Des vagues hautes de six mètres. Pendant neuf heures, Wellington a essuyé l'orage le plus violent qui se soit jamais abattu sur elle au cours de son histoire. Ce qu'on voit sur l'écran donne l'impression d'une ville qui vient d'être bombardée.

Lorsqu'il s'est engagé dans la passe conduisant au port, tout s'est compliqué pour le *Vahiné*. Le phare qui lui servait habituellement de repère ne fonctionnait plus. De surcroît, il n'y avait aucune visibilité et — le pire qui puisse se produire pour un bateau — il a perdu son hélice.

En début d'après-midi, ordre a été donné d'abandonner le bateau. Mais sur les huit canots de sauvetage, quatre seulement ont pu être mis à la mer, et l'un d'eux s'est retourné.

Pour finir, poussé sur les rochers, le bateau s'est couché sur le flanc. De la côte, on voyait se dérouler la tragédie, mais compte tenu des conditions qui régnaient, intervenir n'était pas possible.

Une cinquantaine de personnes ont péri au cours de ce naufrage.

Certaines des images projetées ont été prises au départ. D'autres proviennent d'un film tourné par un amateur à partir du rivage, alors que le bateau était en train de sombrer. On voit arriver un grand canot avec une vingtaine de personnes. La difficulté à le tirer sur la rive alors que les rouleaux déferlent. Des femmes délivrées et en état de choc. Des cadavres rejetés par la mer. Je garde en moi la vision de cet enfant d'une dizaine d'années, au regard et aux traits marqués par le cauchemar qu'il venait de vivre.

Ce film passe en boucle. Parfois au bas de l'écran est couchée une gerbe de fleurs. Quand vous apprenez qu'elle est déposée là par une femme qui vient voir sa fille encore vivante apparaître quelques secondes sur l'écran, l'émotion vous saisit.

Après avoir vu ce film, j'étais comme sonné, et j'ai eu besoin de plusieurs minutes pour retrouver un peu de sérénité.

Dans la zone du détroit de Cook où les côtes sont déchiquetées, les tempêtes surviennent brutalement et sont d'une extrême violence. En cent soixante ans, il s'est produit dans ces parages cent cinquante naufrages. Les derniers :

en 1981, le *Supernova*

en 1986, le *Lermontov*

en 1996, le *Maria Luisa*.

La baie de Wellington est largement ouverte sur la mer, mais des rochers rendent cette entrée dans la baie assez étroite et dangereuse. Une soixantaine de bateaux qui se sont un jour engagés dans ce couloir n'ont jamais touché au port.

25 novembre

J'ai échangé deux ou trois pauvres mots avec le jeune gars qui peint la balustrade des voisins. Ses bras, ses mains et son visage sont tatoués. Bien des Maoris portent des tatouages sur les bras et sur les jambes, mais c'est la première fois que j'en vois un dont le front, les joues, le menton et le cou sont tatoués. Je dois dire que cela laisse une curieuse impression.

27 novembre

À Palmerston North avec Jean et Myreille. Rencontre à Massey University avec quelques professeurs et aussi un vulcanologue qui m'a posé de bonnes questions. Une université située dans un beau cadre, parmi de grands arbres, sur l'ancienne propriété d'un riche colon. Sa demeure a été conservée et abrite maintenant le restaurant des professeurs et de grandes pièces spacieuses qui font office de salons.

J'ai quitté cette ville avec le regret de n'avoir pu visiter son musée du Rugby. Mais, compensation, le professeur qui m'a reçu m'a remis avant que je le quitte un texte de onze pages qu'il a écrit en 1994 après un test-match Nouvelle-Zélande - France. Titré « La contre-attaque du bout du monde ».

Le dimanche précédent, les Français avaient étrillé les All Blacks par 22 à 8 : pour ces derniers, la plus lourde défaite à domicile depuis quarante-cinq ans ! Ce dimanche-là, les locaux, blessés dans leur amour-propre, étaient bien résolus à prendre une sérieuse revanche. Et ce qui se déroulait sur la pelouse en apportait la confirmation. Les All Blacks dominaient. La fin de la partie approchait, ils menaient au score et ils s'acheminaient vers une victoire méritée. Mais en quelques minutes, ces diables de Français au jeu imprévisible et déconcertant ont renversé la situation. Un premier essai marqué à la suite d'une contre-attaque insensée et d'une course de quatre-vingts mètres. Et sitôt après, une fulgurante interception en a ajouté un autre. Les All Blacks étaient à nouveau battus. Pour la seconde fois en une semaine. Consternation !

28 novembre

Il y a quelques jours, un marin a signalé la présence d'un requin d'une dizaine de mètres dans la baie de Wellington, entre Worser Bay et Karaka Bay. Alertée, la police maritime l'a également repéré. Sur la photo du journal, on voit la longue forme sombre, et hors de l'eau, la nageoire dorsale et une partie de la queue. Au dire d'un spécialiste, ce requin est venu près des côtes et resté en surface pour se réchauffer.

Tout ce qui se vit à l'intime d'un être et dont rien ne transparaît. Pendant des années, alors que je lisais ses ouvrages, j'ai comme vécu sous le regard de Krishnamurti. Son exigence éthique rencontrait la mienne et la rendait plus stricte, plus contraignante. Mais bien sûr, il ne m'était pas possible de vivre à la hauteur de cette exigence. L'œil qui me surplombait me prenait constamment en défaut, si bien que durant ces années, j'ai été prisonnier d'une permanente culpabilité.

Cette brève note rend mal compte des combats et des défaites qui ont occupé ma vie intérieure pendant si longtemps.

1er décembre

Ce lundi, Wellington a la fièvre. Pendant toute la journée, monstre promotion de *The Return of the King*, troisième volet du *Seigneurs des anneaux*. Ces trois films ont été tournés en Nouvelle-Zélande par un réalisateur néo-zélandais, et incroyable prouesse, tournés tous trois en même temps. Un tournage qui a duré dix-huit mois !

Depuis plusieurs jours, voire deux ou trois semaines, notamment à l'aéroport et en d'autre lieux, sont exposées dans de longues vitrines des répliques grandeur nature des personnages du film, et aussi, des bêtes répugnantes ou monstrueuses.

Aujourd'hui, tapis rouge déroulé dans une des artères du centre, parade avec les acteurs et les actrices, défilé avec des chevaux montés par de preux chevaliers, une foule fervente pressée tout au long du parcours... Puis projection en plein air sur grand écran des deux précédents films, concert public...

Une superproduction de six cents millions de dollars qui a nécessité plusieurs années de préparation, et donné d'ailleurs du travail à des centaines d'artisans qui survivaient difficilement. Deux cent cinquante chevaux, mille armures, douze mille armes, deux cent soixante-dix combats à organiser, trente kilomètres de route construits... Au total, ce sont environ vingt-cinq mille personnes qui ont travaillé à préparer et réaliser ce film.

L'immeuble abritant la salle où le film sera projeté ce soir en avant-première pour des personnalités est situé à l'angle d'une rue, et sur ses deux façades est accroché par ses griffes et sa queue un immense dragon qui, tête en bas mais relevée, yeux exorbités et gueule ouverte, semble près de se jeter dans la rue pour dévorer quelques passants.

Budget de cette campagne publicitaire qui va se poursuivre en bien des pays : huit millions cinq cent mille dollars.

3 décembre

Je viens d'achever la lecture d'*Histoire d'un fleuve en Nouvelle-Zélande* de Jane Mander. J'ai lu ce roman avec un vif intérêt. À travers la vie des trois personnages principaux et d'une histoire d'amour, il retrace la vie des *settlers*, leur arrivée dans une région où, en dehors d'un fleuve et du bush, rien n'existait. Avec un groupe d'hommes, un de ces pionniers organise l'abattage des arbres, monte une scierie et fait transporter les troncs jusqu'à la ville.

Les pionniers ont trouvé ici d'immenses forêts où s'élevaient des kauris, ces arbres qui se dressent jusqu'à trente mètres de hauteur, dont le tronc ne comporte aucune branche, aucun nœud, et qui peuvent vivre jusqu'à trois mille ans. Malheureusement, ces arbres ont été décimés, et il n'en subsiste plus beaucoup.

Souvent on a brûlé le bush en dehors de toute nécessité. On m'a expliqué qu'il y avait sans doute à cela des raisons irrationnelles. Le bush est tellement impénétrable qu'il inquiétait. Ce serait pour mettre fin à la crainte qu'il suscitait, que bien souvent, on a voulu le faire disparaître. Ainsi voit-on maintenant des régions entières de collines et de montagnes complètement nues.

Un roman à l'écriture soignée, avec de bonnes analyses des comportements humains. Mais si ce livre m'a tant intéressé, c'est aussi parce que je l'ai lu ici, alors que j'ai commencé à découvrir ce que fut naguère la vie des *settlers*.

Il y a peu, nous avons été invités à dîner par M. et Mme Ferry, un couple de Français fixés en Nouvelle-Zélande depuis une cinquantaine d'années. Ils habitent de l'autre côté de la baie, dans une très belle maison construite à flanc de colline et à l'intérieur du bush. Lui a suivi des études d'agronomie, mais il a un vrai talent d'architecte et c'est lui qui a conçu les plans de sa maison. Il va d'ailleurs la vendre, pour en faire bâtir une autre, toujours selon ses plans, dans la banlieue de Wellington.

Pendant une vingtaine d'années, cet homme a été « acheteur de laine ». Puis il a voulu changer de métier et il a pris une ferme dans une région reculée et a élevé des moutons. Le fleuve aux eaux abondantes qu'ils avaient assez souvent à traverser leur a parfois posé des problèmes. Tandis qu'ils en parlaient, j'associais ce qui nous était dit à ce que je venais de lire, dans le roman de Jane Mander, sur ce fleuve et ses crues.

Le roman est si riche que je me suis demandé s'il n'était pas pour une grande part autobiographique, et j'ai voulu savoir qui avait été cette femme, née en 1877 et morte en 1949.

Son père a été charpentier et scieur dans les grandes forêts de kauris. La famille a dû changer vingt-neuf fois de lieu d'habitation. Pauvreté, difficultés dues à l'isolement et à l'inconfort ont rapidement rendu la mère invalide. Jane n'est allée qu'irrégulièrement à l'école et c'est bien souvent sa mère qui la faisait travailler. Plus grande, elle est devenue « élève-maîtresse » dans une école.

Véritable self-made-man, de charpentier, le père est devenu député. Il est resté vingt ans au Parlement, et plus tard, il est devenu également propriétaire d'un journal, ce qui donna à Jane l'occasion de faire ses premiers pas dans le journalisme.

Après deux voyages à Sydney, qui ont eu leur importance, elle s'est rendue aux États-Unis pour suivre des cours de journalisme à Columbia University où elle fut une brillante étudiante. Mais elle s'était attelée à l'écriture d'un roman et devait de surcroît travailler pour payer ses études. Le surmenage l'a obligée à les interrompre et elle est restée toute sa vie d'une santé fragile.

Ses manuscrits essuyèrent plusieurs refus de la part des éditeurs. Mais en 1917, *Histoire d'un fleuve en Nouvelle-Zélande* fut accepté et il parut trois ans plus tard. Il connut un succès international, mais en Nouvelle-Zélande il fut mal reçu. Elle avait sur bien des choses des idées trop avancées, et on lui reprocha de ne s'être pas conformée aux conventions du roman régional anglais du XIXe siècle. On lui fit grief également de son franc-parler concernant le sexe et la religion. Son roman risquait de nuire à la « bonne moralité du public » et il fut relégué dans la réserve des bibliothèques. Pour qu'un adulte pût l'emprunter, il devait présenter une demande spéciale au bibliothécaire.

Tout en lisant ce roman, je me posais toutes sortes de questions au sujet de son auteur : quel visage avait-elle ? Quelle voix ? Quel regard ? Qui a-t-elle aimé ? Comment en est-elle venue à écrire ? Par quelles personnes a-t-elle été influencée ? Quelles expériences a-t-elle vécues à Sydney, à New York, à Londres ? Qu'a-t-elle éprouvé en rencontrant des prisonniers à la prison de Sing-Sing ? Comment se comportait-elle dans la vie courante ? Était-elle consciente de ce don d'observation qu'elle avait ? À quoi ressemblait la pièce où elle a élaboré ce roman ? Quel regard portait-elle sur ce qu'elle avait écrit ?

Des dizaines et des dizaines de questions. Quand on voit d'où elle est partie, on peut considérer qu'elle a été une sorte de résiliente. Que n'a-t-elle écrit son autobiographie !

Elle venait de se dévoiler et se demandait pourquoi elle détestait tant qu'on sache ce qu'elle éprouvait. Cette phrase m'a arrêté. Parce qu'elle me concernait. Et cette question que se posait l'héroïne de Jane Mander, je peux la reprendre à mon compte. Oui, pourquoi, pendant tant d'années, ai-je vécu verrouillé ? Pourquoi avais-je une telle crainte qu'un regard se porte sur ce qui travaillait dans ma nuit ? Sur ce que je poursuivais ?

Étais-je encore sous l'emprise de cette peur des adultes apparue en moi quand j'étais enfant et dont j'ai eu tant de mal à me délivrer ? Avais-je peur d'être incompris ? D'être mal jugé ? Ou était-ce ma fragilité qui m'imposait de me préserver de tout ce qui aurait pu ajouter à ma détresse ? Je ne sais.

Mais depuis bien des années, l'écriture m'a permis de me déverrouiller. Le jour où j'ai compris qu'écrire, c'est se livrer, donner ce qu'on est, ce qu'on porte en soi, j'ai voulu dire ce que j'avais à dire sans me laisser brider par des peurs, des censures, telle ou telle considération. Ce que je dévoile de mon activité intérieure, mon lecteur peut le retrouver en lui. Je me repose donc sur cette idée que nous avons tous deux beaucoup en commun, et que je n'ai pas à redouter ce qu'il pensera de moi.

5 décembre

Patricia Grace — elle est révérée ici comme une icône, m'a-t-on dit — a eu la gentillesse de venir passer deux heures au cottage. Père maori, mère anglaise. Ses deux langues, ses deux cultures ne lui ont jamais fait problème. Née en 1937, elle a gardé sa beauté. Visage aux traits réguliers, peau mate, yeux gris, voix profonde. À peine quelques cheveux blancs. J'ai apprécié sa simplicité, aimé son rire juvénile. Selon la question qu'on lui pose, la réponse est précédée de plusieurs secondes de réflexion. Où a-t-elle puisé l'énergie d'élever sept enfants, d'être enseignante, et de produire une œuvre ? Avec son mari maori, elle vit sur la Kapiti Coast, en bordure de la mer de Tasman, dans le village où elle a passé son enfance et qu'elle n'a jamais quitté. Elle ne s'est jamais coupée de sa communauté d'origine. Elle s'est fait connaître avec *Potiki, l'homme-amour*, livre que je viens de lire. À chaque ligne, on sent que l'auteur a baigné dans une culture tout autre que la nôtre. La terre et la mer sont constamment présentes. Et aussi les ancêtres. Importance également de l'imaginaire, des contes et légendes qui se transmettent de génération en génération. Dans ce peuple de culture orale, les gens avaient une mémoire phénoménale.

Elle a achevé il y a deux jours un roman. J'en ignore le sujet. Mais ce que je sais, c'est que les deux communautés — maorie et pakeha (les Européens) — ne font pas toujours bon ménage. De nombreux problèmes se posent, de nombreuses difficultés sont à surmonter, et une romancière maorie ne doit pas être en peine de trouver des matériaux pour en nourrir une histoire.

7 décembre

Hier, avec Sara, avons pris le train pour rendre visite à Vincent O'Sullivan qui a une maison de campagne dans la vallée du Wairarapa. Trajet d'une heure vingt qui nous a fait franchir les collines situées à l'est de Wellington, de l'autre côté de la baie. (Ces collines n'ont que 300 mètres d'altitude, mais vues d'ici, alors qu'elles s'élèvent au-dessus de la mer, elles paraissent être des montagnes. Grises, pierreuses, elles sont souvent surmontées d'un long nuage blanc.)

La gare d'un petit village. Comme nous étions sur un terre-plein, pendant trois ou quatre secondes, impossible d'en descendre. Le vent était devant nous comme un mur. Par la suite, il a dû baisser d'intensité, car il ne nous a pas gâché la journée.

Vincent rentrait d'Australie où il a donné une série de conférences. Il vient de publier un livre sur un Néo-Zélandais qui s'est conduit en héros lors de la dernière guerre et qui s'est suicidé en Égypte. L'autre jour, parmi toute une assistance, nous avons assisté au Parlement à une réception donnée en l'honneur de cet homme et de la biographie dont il a fait l'objet. Étaient présents aussi sa veuve et leur fils. Je voulais interroger Vincent au sujet de cet homme auquel il s'est intéressé jusqu'à lui consacrer un livre, mais le temps m'a manqué.

Bref arrêt à Masterton, une petite ville. De part et d'autre de la route, des magasins avec des avant-toits soutenus par de fins piliers. L'impression de se trouver dans une de ces bourgades que l'on voit dans les westerns.

La maison de Vincent est en rase campagne. Au loin, deux cents vaches noires et blanches. J'ai aimé cette vallée. De douces couleurs. Des collines à l'horizon. Une sensation d'espace. Peu de champs cultivés. De nombreux enclos avec une herbe fournie. Vaches et moutons. Deux élevages de cerfs.

Déjeuner en plein air dans le restaurant d'un domaine viticole.

L'après-midi, sommes allés visiter un parc installé dans le bush. Avons vu — ce qui est rare — un kiwi, cet oiseau emblématique de la Nouvelle-Zélande. Pas d'ailes, un long bec fouisseur, et il ne sort que la nuit. Il est un peu plus petit qu'une poule, mais pond des œufs deux fois plus gros. Cette espèce est en danger, car ces oiseaux sont des proies faciles pour toutes sortes de prédateurs.

Vincent est passé une fois à Tokyo avant Noël. Tout comme nous qui, il y a six ans, nous étions trouvés dans cette ville à cette même époque de l'année, il a été étonné de voir des pères Noël — double effet sans doute de préoccupations commerciales et de la mondialisation qui joue dans tous les domaines — des pères Noël à l'angle des rues ou à l'entrée des grands magasins. Mais ce qui l'a étonné bien davantage, ce fut de voir un père Noël en croix. Un père Noël crucifié à la place du Christ. Une telle absurdité illustre le non-sens qu'il y a à vouloir transférer d'un pays à l'autre, d'une culture à l'autre, une tradition qui, à l'arrivée, a perdu sa signification.

Vincent m'a prêté le catalogue d'une exposition Baudelaire qui s'est tenue à Paris il y a dix ans. En début de soirée, je m'y suis plongé et je n'ai pas vu passer les heures. Des portraits de Baudelaire que je ne connaissais pas. Des vues de Paris datant de l'époque où il y vivait. Des portraits de personnes qu'il a connues. Des reproductions de quelques-uns de ses dessins. Un plan de Paris avec des chiffres et des nombres indiquant les lieux où il a habité. Quarante domiciles ! Son amour et sa détestation de Paris. Vif désir de revenir à son œuvre lue il y a longtemps, et que j'aurais profit à relire, à appréhender avec ce regard qui est maintenant le mien.

10 décembre

Le Maori au visage tatoué qui l'autre jour peignait la palissade du voisin a fait partie pendant douze ans du gang « Black Power ». Lors d'une rixe avec une bande rivale, il a vu mourir son frère à côté de lui. Après avoir fait quelques années de prison, il s'est racheté une conduite et il vit maintenant de petits boulots. Âgé de trente-huit ans, il est le père d'une fille de vingt ans. Dès l'âge de douze ans, abandonnée à elle-même, celle-ci s'est droguée et a fait les quatre cents coups. Mais à la faveur de je ne sais quelle rencontre, quelle circonstance, quelle prise de conscience, elle a changé de vie et choisi d'entrer à l'Académie de la police.

Il y a quelques jours, ce gang du « Black Power » était à la une des journaux. Cambriolage à main armée avec mort d'homme.

Je repense à l'impression que j'ai eue en le voyant pour la première fois. Quelle inimaginable stupeur a dû être celle des navigateurs du XVIIIe siècle lorsqu'ils ont découvert les Maoris, leurs corps et leurs visages tatoués. Sans parler bien sûr de maintes autres choses.

12 décembre

Dans les rues, par ces jours d'été, mon regard n'est jamais las de se poser sur ces belles poitrines avantageuses mises en valeur par les sweaters qui les moulent.

13 décembre

Bonne rencontre inopinée d'un couple à l'Astoria. Lui enseigne l'histoire des religions à l'université Victoria. Elle, elle assure des permanences à la maison natale de Katherine Mansfield. Une heure d'échange nourri. En réponse aux questions qui m'étaient posées, j'ai pu donner un aperçu de ce que je pense, de ce qui emplit ma vie. Quand autrui entre spontanément dans la compréhension de ce que vous cherchez à lui faire entendre, des mots insuffisants ne sont pas un obstacle à la communication. J'ai si rarement l'occasion de dire ce qui me tient à cœur, qu'en les quittant, j'étais tout heureux d'avoir pu parler. Avec des personnes que je ne connais pas, ou peu, si l'on me pose des questions, je réponds volontiers. Mais si l'on ne m'en pose pas, je ne parviens pas à sortir de mon silence.

Parfois des gens désireux de me connaître m'invitent à dîner. Mais au cours du repas, aucune question n'amorce le dialogue. De la sorte, rien ne se passe, l'ennui règne, et quand je prends congé, la déception de ces gens n'a d'égale que la mienne.

14 décembre

Avant qu'il soit remis en état, le cottage était habité par une vieille Russe misérable, à l'esprit dérangé, et qui apostrophait les gens d'un côté à l'autre de la rue. Elle est morte dans la pièce où nous dormons. Je n'ai pas remarqué qu'elle hantait encore les lieux.

Deux bateaux de guerre coréens — un destroyer et un dragueur de mines — mouillent dans le port de Wellington. Comme je me promenais sur le quai le long duquel ils sont amarrés, j'ai vu qu'on pouvait les visiter. Je suis donc monté à bord, et pendant une demi-heure, j'ai arpenté les coursives, monté et descendu des échelles. En fait, comme je l'avais prévu, on devait rester sur les parties extérieures et il n'y avait pas grand-chose à voir. On pouvait tout de même pénétrer dans la cabine de pilotage. Partout, une impeccable propreté. Sur les ponts, les gros cordages blancs en matière synthétique ont été rangés avec le plus grand soin. Quelques mots échangés avec un marin qui était de faction et qui baragouine quelques mots d'anglais aussi mal que moi. Ils restent ici cinq jours. Ils vont se rendre ensuite dans d'autres îles du Pacifique Sud.

En Corée, j'ai pu voir que les gens des campagnes sont encore très pauvres, et en poursuivant ma visite, je pensais que les milliards qu'ont coûté ces deux bâtiments auraient pu être mieux employés. Mais à quoi bon avoir de telles pensées? On ne peut espérer que les hommes changent. En prévision de conflits toujours possibles — et on sait que la Corée du Sud a tout à craindre de la Corée du Nord — il leur faut obligatoirement consacrer des sommes colossales à entretenir des armées et fabriquer des engins de guerre toujours plus destructeurs.

Au Te Papa, des textes et des photos retracent l'histoire des cinq frères Babich. Visages sans grâce de campagnards aux épaisses moustaches. Tous les cinq endimanchés, et on sent bien qu'ils n'avaient guère l'habitude de porter un costume. L'aîné est venu seul de Croatie, puis les quatre autres ont suivi. Ils ont d'abord travaillé à extraire de la gomme de kauri et dû surmonter maintes difficultés. Des mesures discriminatoires avaient été prises à l'encontre des Croates. De surcroît, les Anglais se réservaient les meilleurs gisements.

Entre 1897 et 1919, cinq mille Dalmates poussés par la misère et le refus de la conscription dans l'armée austro-hongroise ont immigré en Nouvelle-Zélande.

Le cadet des fils Babich s'est marié et a eu cinq enfants, lesquels sont devenus d'importants producteurs de vin. Sur une photo récente on découvre une femme âgée avec ses deux fils et sa fille. Les visages des deux hommes et de cette femme racontent à eux seuls l'évolution de la famille.

15 décembre

Au début de notre séjour, j'avais été surpris de trouver non loin d'ici, en bordure d'une avenue, une place destinée à perpétuer le souvenir des premiers Hongrois venus en Nouvelle-Zélande.

Une place circulaire, bordée de pelouses et d'un massif de roses. Au sol, des briques brunes. Sur plusieurs d'entre elles sont inscrits en creux le nom d'un immigrant et celui de son lieu d'origine. Au centre de la place, une croix de Lorraine blanche, avec une pierre verticale surmontée d'un totem. À l'entrée, un portique, avec sur la gauche, une petite porte, et sur la droite, une ouverture trois fois plus large. Le pourtour de ce portique est sculpté.

Plusieurs fois, je me suis arrêté sur cette place, lisant les noms figurant sur les briques, rêvant à ce qu'a pu être la vie de ces gens.

Le melting-pot kiwi. Sont arrivés ici des hommes et des femmes provenant de tous les coins du monde. En premier des Anglais et des Écossais. En moindre proportion, des Irlandais. Puis des Croates, des Scandinaves, des Juifs, des Tchèques, des Ukrainiens, des Hongrois, des Polonais, des Russes, des Néerlandais, des Libanais, des Grecs, des Chypriotes, des Indiens, des Thaïlandais, des Malais, des Philippins, des Coréens, des Japonais... Plus tard, des Européens fuyant le nazisme et l'URSS. Plus tard encore, des réfugiés d'Indochine, du Vietnam, du Cambodge.

Il y a quelques années, une plaisanterie avait cours à Wellington. Comme il était quasi impossible d'obtenir qu'un médecin se déplace la nuit quand quelqu'un était malade, on décrétait qu'il fallait appeler un taxi. De nombreux chauffeurs de taxi étaient en effet des médecins vietnamiens.

Depuis quelques années arrivent de plusieurs îles polynésiennes des immigrants qui posent des problèmes. Ils ne connaissent pas la langue, n'ont pas de métier, ont l'habitude de vivre sans contraintes, et il arrive assez souvent que certains glissent dans la délinquance.

Dans une société aussi composite, il ne peut y avoir de barrières sociales. Bien sûr, comme partout, il y a des riches et de nombreux pauvres, mais il va de soi que les différentes communautés sont obligées de vivre ensemble, et même de se mêler. C'est sans doute une des raisons pour lesquelles il n'y a aucun formalisme dans les rapports humains. Les contacts sont faciles, empreints de simplicité, de cordialité, de confiance. Quand on arrive ici, c'est ce qui frappe et ce que j'ai apprécié.

J'ai eu plaisir à feuilleter dans une librairie un album de photographies de Sri Ramana Maharshi, un des grands sages de l'Inde. Il a vécu dans une contrée désertique du Sud, au pied d'une colline sur laquelle ne poussait aucune végétation. Étrange cet homme toujours nu, à l'exception d'un étroit cache-sexe blanc. Je crois me souvenir qu'il était resté plusieurs années en méditation, sans jamais prononcer un mot. Je suppose qu'il n'a jamais rien écrit. Son enseignement, il l'a donné en répondant par des paroles toutes simples aux questions qu'on lui posait. Il n'a reçu aucune formation, n'a puisé à aucune source. Tout ce qu'il a dit, il l'a tiré de son propre fond.

Je n'ai pas oublié un essai qui lui était consacré et que j'ai lu naguère. Il contenait bien sûr certaines de ses paroles. Des différents livres que j'ai lus en provenance de l'Inde, de la Chine et du Japon, c'est le premier sur lequel je me sois penché. En m'ouvrant à la notion du Soi, il m'avait aidé à mieux cerner ce vers quoi je cheminais.

16 décembre

Après-midi passé chez Fiona Kidman. Sa maison est construite presque au sommet du mont Victoria. Pour y accéder, une fois la voiture laissée au bas de chez elle, nous aurions pu emprunter des escaliers. Mais avec Jean Anderson nous avons trouvé plus amusant de prendre l'ascenseur. Un ascenseur particulier constitué d'une petite plate-forme glissant à flanc de colline sur un rail et tiré par un câble. De cette maison, le regard embrasse un panorama varié et de toute beauté : à gauche la baie, des collines, des maisons, à droite, l'océan. Les avions qui se préparent à atterrir et qu'on n'entend pas passent non loin, à hauteur de la maison.

Dame Fiona Kidman est l'auteur de toute une œuvre. Nouvelles, romans, essais et quatre recueils de poèmes. Mais la nouvelle est la forme qui a sa préférence. Elle écrira sans doute plus tard son autobiographie. Elle aura à faire des révélations sur son père, et elle préfère attendre.

Elle descend d'une famille écossaise et son mari a du sang maori. Un fils adoptif, d'origine grecque. Marié à une femme qui a également du sang maori (il y a eu tant de métissages que les Maoris pur sang ne sont plus très nombreux). Et un petit-fils ou une petite-fille a introduit un(e) Espagnol(e) dans la famille.

Quand je rencontre un écrivain, je n'ai plus cette avidité que j'avais lorsque m'animait l'intense désir d'apprendre des choses sur l'écriture. Maintenant, quand je pose une question, il arrive assez souvent que je devine plus ou moins la réponse qu'on va me donner. Je n'ai pas du tout été déçu par ces trois heures passées à converser avec elle, mais en la quittant, je pensais à cette anecdote lue naguère : deux maîtres zen se rencontrent. Ils se saluent en souriant et passent leur chemin. Ils n'avaient rien à échanger. Chacun savait ce que l'autre aurait pu dire.

Dans une biographie de Carver que j'ai lue il y a quelques jours, il est dit que lorsqu'il rencontrait d'autres écrivains, par exemple Richard Ford ou Tobias Wolff, ils ne parlaient jamais de littérature. Avant, lisant cela, j'aurais tiqué. Maintenant, je le comprends.

18 décembre

À la City Gallery, une fort belle exposition Wim Wenders. Des photographies en couleurs de très grand format. Des paysages grandioses et admirables d'Australie et des États-Unis. Et aussi, des lieux de désolation : un cimetière indien à l'abandon ; un enfant au jambes grêles et arquées, sans doute mal nourri, joue au base-ball dans une longue rue presque déserte de La Havane ; une maison inhabitée dans une ville fantôme du Montana...

En parcourant cette exposition, on se murmure que ce photographe-réalisateur a incontestablement un œil qui sait voir. (Cette évidence n'était pas pour moi une découverte, car j'ai vu et apprécié ses premiers films.)

19 décembre

Ce matin à la National Library, j'ai pu voir des manuscrits de Katherine Mansfield. Tout un dossier de lettres adressées à son mari, lettres dont l'écriture montre qu'elles sont venues d'un premier jet. Une longue lettre sur papier grand format, calligraphiée avec soin, a dû être écrite dans le calme. Mais le plus souvent, l'écriture emportée, impulsive, difficilement lisible, reflète les mouvements de l'émotion. Une lettre écrite sur les pages arrachées d'un carnet. Un dossier de lettres à Ida Baker. Elles sont dactylographiées, mais elles avaient été envoyées manuscrites.

Ses lettres sont d'une écriture si juste, si parfaite, qu'on pourrait penser qu'elle les avait préalablement travaillées. Mais non. Elles ont été écrites en toute spontanéité !

Elle a entretenu une abondante correspondance. Vincent O'Sullivan en a déjà édité quatre volumes — je les ai feuilletés ce matin — et un cinquième est en préparation. En plus de cette *Correspondance* ont été publiés deux volumes de notes.

J'ai aussi pu consulter deux cahiers. L'un qui contient des débuts de nouvelles. Un autre dans lequel elle a tenu son *Journal* de 1918. Quelque part deux pages ont été arrachées. Le 3 avril, elle a noté : *Trop malade.*

Feuilleté également de nombreuses lettres de J. M. Murry. Sa belle écriture contraste avec celle de sa femme.

Consulté aussi un dossier de textes de Jane Mander. Une seule lettre manuscrite. Les autres lettres et les articles sont tapés, mais signés de sa main.

Ici, quand on veut consulter des manuscrits, il faut se plier à des règles strictes. À Marbach, on m'avait laissé seul dans la pièce où étaient conservés les précieux manuscrits, et j'avais pu voir tout ce que je voulais : des poèmes de Rilke, la Lettre au père de Kafka, une carte de Goethe...

Dans cet entretien, Boris Cyrulnik parle de Marilyn Monroe. Enfant illégitime, elle n'a jamais été en mesure, une fois adulte, de devenir une résiliente. *Son entourage (Arthur Miller, John Kennedy, Yves Montand...) est fasciné par sa grâce étrange mais ne se rend pas compte qu'il s'agit d'un « fantôme », d'une personne sans structure intérieure et dépourvue de chaleur humaine. N'ayant pas connu l'amour dans l'enfance, elle n'a pu le donner à autrui.*

Les disciples d'Emmaüs au Christ qu'ils n'ont pas reconnu : *« Reste avec nous, le jour baisse... »*

Pourquoi ces mots si simples m'ont-ils donné une telle émotion ?

20 décembre

Avec Jean-Marc, soirée tranquille au cottage à parler de choses et d'autres. Attaché linguistique et audiovisuel au service culturel de l'ambassade, il était ici depuis trois ans et demi, et il rentre en France pour des raisons personnelles. Depuis six mois, il faisait office de conseiller culturel. Tout comme les personnes qui l'ont connu, je vais le regretter.

Pour réaliser des économies, le gouvernement a supprimé des postes dans les ambassades. Il n'y aura plus ici ni conseiller scientifique ni conseiller culturel. Quand on sait quel travail effectue le service culturel d'une ambassade, on mesure les dommages que la suppression de ces postes va causer à la présence française dans bien des pays.

Finies ces longues errances
sous des ciels éteints
Finis ces combats truqués
où j'étais toujours vaincu
Fini ce temps installé
dans la misère du non
J'ai déposé le poids mort

qui obscurcissait ma vie
Long a été le chemin
qui m'a permis
de quitter mon enfance

J'aime ces instants où la pensée triture ce qu'elle ne sait exprimer. Elle le malaxe, le distend, le clarifie, cherche l'angle par lequel s'en saisir, accepte les mots qui se proposent tout en sachant qu'ils ne conviennent pas. Du moins sont-ils une première approximation, une première ébauche de cet informe qui commence à prendre forme. Après, il faut encore préciser, resserrer, affiner. Puis quand la forme recherchée a été trouvée, les phrases mises au point sont parlées mentalement. Si elles sont prises dans un bon rythme, alors le travail cesse. Jusqu'à ce que la même opération se renouvelle. Semblable et différente.

Une pratique qui serait venue des États-Unis et dont j'aimerais qu'elle se répande. Quelqu'un glisse dans une enveloppe un livre qu'il aime, et écrit sur celle-ci : ce livre appartiendra pour un temps à celui qui voudra bien le prendre. À charge pour lui, une fois qu'il l'aura lu, de répéter l'opération et de continuer à le faire voyager. Ensuite, cette enveloppe est laissée dans un bus, un train, un lieu public.

Mais je suis sceptique. Il est facile de prévoir que ce voyage s'achèvera à peine commencé. En effet, cette enveloppe a plus de chances de tomber dans les mains de quelqu'un qui en gardera ou en jettera le contenu, que dans celles d'un lecteur amoureux des livres, et suffisamment honnête pour ne pas se l'approprier.

En écho à un article portant sur *Accueils*, j'ai eu à préciser dans un *Journal* antérieur que c'est dans un essai consacré à Sri Ramana Maharshi que j'ai rencontré pour la première fois le mot Soi, la notion du Soi. Pour que je m'en souvienne encore, il a fallu sans doute que cette notion que je découvrais réponde à une attente, s'ajuste en moi à ce que je vivais. Pourtant, pendant longtemps, je n'en ai eu qu'une compréhension confuse, que je n'aurais su expliciter. Cette compréhension m'était donnée, non par la pensée de l'intellect, mais par la pensée de la non-pensée, soit une pensée intuitive, libre de tout vouloir, tout concept, tout contrôle. Le vécu que cette notion rejoignait en moi se situait en une région trop enfouie pour que j'aie pu à l'époque en prendre une claire conscience et le formuler.

Dans cet essai, j'étais tombé sur cette phrase que je n'ai jamais oubliée : *Le but même de la quête du Soi consiste à focaliser l'esprit tout entier sur sa source.*

Dans le Vedanta, une sorte de litanie est consacrée au Soi, et c'est là que ce mot m'est apparu pour la seconde fois.

Je suis la parfaite connaissance et la béatitude
Je suis le Soi qui emplit tout
Je suis le Soi dont tout est rempli.

Exposition à la National Library sur cinq Néo-Zélandais qui ont eu une trentaine d'années à la déclaration de la guerre 1939-1945.

Tous les cinq ont fait leurs études à l'université d'Otago où ils ont eu un même professeur. Les idées qu'il leur a inculquées ont fait d'eux des hommes de conviction résolus à lutter contre le fascisme. Doués, brillants, ces cinq étudiants ont été lauréats de la Rhodes Scholarship. Après avoir achevé leurs études à Oxford où ils s'étaient retrouvés, ils se sont engagés dans l'action, qui en Espagne, qui en Tchécoslovaquie, qui en URSS, qui en Chine contre les Japonais. Tous ont eu des destins d'exception. (À une époque où l'on pouvait avoir foi dans le communisme, l'un d'eux est devenu un espion pour le compte de l'URSS. Bien après la guerre, il vivait plus que pauvrement dans une ville du bloc communiste.)

John Mulgan — l'homme auquel Vincent O'Sullivan a consacré un livre — était l'un d'eux. Doué pour l'étude, le sport, les relations humaines. Porté aussi bien vers la réflexion que vers l'action. Néanmoins, un personnage tragique. A écrit un roman.

En 1943, parachuté en Grèce en tant que lieutenant-colonel pour organiser la résistance, il a participé à la guerre aux côtés des partisans. A vu là-bas des choses atroces qui l'ont marqué.

En 1945, il s'est retrouvé au Caire. Il se culpabilisait d'avoir ordonné des coups de main qui avaient entraîné de lourdes représailles dans la population civile. De surcroît, il était douloureusement déçu de voir la tournure qu'avaient prise les événements. Au lieu que se crée le monde de paix et de liberté pour l'avènement duquel il avait lutté, deux blocs s'étaient constitués dont il était facile de prévoir qu'ils allaient se dresser l'un contre l'autre. Il s'est donné la mort une dizaine de jours avant l'armistice. Il avait trente-quatre ans.

21-22 décembre — Jérusalem

Les premiers missionnaires français se sont établis ici, au fond des montagnes, non loin du Wanganui au lit encaissé. Pendant longtemps, aucune route n'a desservi ce lieu auquel on accédait par le fleuve après trois jours de navigation. Encore maintenant, les vingt derniers kilomètres de route ne sont pas asphaltés.

Ce n'est même pas un village. Juste trois bâtiments qui ont été construits et agrandis sans grands moyens, une église, et dispersées dans la nature, les maisons des Maoris.

Suzanne Aubert a vécu là plusieurs années, et les recherches qu'effectuait Jessie pour la biographie qu'elle préparait l'ont conduite ici à plusieurs reprises. Elle aime cet endroit, les trois religieuses qui y vivent, et elle a tenu à nous les faire rencontrer. Myreille nous accompagnait, mais elle n'en est pas à sa première visite.

En venant, arrêt à Wanganui, la ville construite à l'embouchure du fleuve. Un passionnant musée. Une longue pirogue de guerriers aux flancs sculptés avec une figure de proue fort ouvragée. Les claires-voies, nasses et instruments de pêche témoignent d'une remarquable ingéniosité.

Ce musée est situé sur une petite éminence — c'est d'ailleurs un endroit très plaisant — mais de beaux esprits se sont émus. Tel qu'il est placé, en position de domination, n'est-il pas l'affirmation d'un insupportable élitisme ? D'importants travaux, entraînant de lourdes dépenses, vont donc être entrepris pour abaisser l'emplacement de cet édifice. Quand on perd tout bon sens, les meilleures idées peuvent conduire à prendre des décisions aberrantes.

Dans cette région que nous avons traversée ont eu lieu de durs combats lors des guerres territoriales.

Ce matin, peu après le lever, un séisme que nous avons tous ressenti.

James Baxter avait des disciples, et il a fondé ici une communauté qui s'est dissoute après sa mort, en 1972. C'était un illuminé — il se droguait, menait une vie en rupture avec bien des règles — un illuminé paraît-il inspiré et qui a écrit de beaux poèmes. Je vais demander qu'on m'en traduise quelques-uns pour pouvoir me faire une idée de ce qu'ils valent.

De l'endroit où je suis installé pour écrire, je vois un châtaignier, un noyer, des peupliers d'Italie, mais aussi un figuier, des palmiers, un citronnier chargé de citrons et je m'en étonne, car en principe les premiers et les seconds prospèrent sous des climats différents.

En fin de matinée, nous nous rendons en voiture, par des chemins empierrés, sur un autre versant de la montagne, là où Suzanne Aubert avait créé un vaste verger.

Quand nous étions sur les crêtes, nous apercevions les cimes enneigées de deux volcans. Au loin, à l'ouest, le Taranaki, à l'est le Ruapehu qui culmine à près de deux mille huit cents mètres, le plus haut sommet de l'île du Nord. Son cratère long de trois kilomètres, formé de plusieurs cônes, contient six petits glaciers et un lac d'une eau acide en constante ébullition. Sa dernière éruption date de 1975.

Nous sommes descendus jusqu'à un cimetière d'arbres. Des cerisiers morts, encore sur pied, avec le tronc et les branches enveloppés d'une mousse fournie et filamenteuse. Et avec toutes leurs branches et une partie de leurs racines, plusieurs grands châtaigniers couchés dans l'herbe, poncés par les pluies, le soleil, les saisons, d'un blanc gris qui luisait. Ces arbres morts m'ont mis mal à l'aise.

Je suis remonté en compagnie de Sue, une religieuse d'une cinquantaine d'années. Une belle et riche personnalité. (Quand elle était infirmière, elle avait bravé sa hiérarchie pour pouvoir soigner des sidaïques.) Elle aime la poésie.

Un instant vraiment particulier, qui avait de quoi m'étonner : non loin de ces châtaigniers abattus par les ans, cette religieuse néo-zélandaise me parlant des poètes qu'elle affectionne, dont Dylan Thomas, alors qu'au-dessus de nous, sur la crête, nous observaient une douzaine de biches intriguées, figées par leur curiosité.

23 décembre

Il garde un mauvais souvenir de ces hivers, de cette neige, de ces mois où le froid lui mordait le visage, les mains, les jambes — des jambes mal protégées par des culottes courtes. Il ne sait plus si cet hiver-là il était chaussé de galoches ou de sabots. Mais si, voilà qu'il se souvient, des images lui reviennent. C'étaient bien des sabots. Non ces sabots bressans tout en bois qui vous entaillaient le cou-de-pied, mais ces sabots dont la bande de cuir comportait des motifs imprimés en relief. Véritablement, de beaux sabots.

L'étroit rayon dans l'angle le plus sombre de la cuisine, près de l'évier, l'enfant l'avait débarrassé de ce qui s'y trouvait, et avec un morceau de papier d'emballage récupéré bien avant ce jour, il s'était appliqué à recréer la grotte. Ensuite, il avait étalé la mousse, placé l'âne, le bœuf, le mouton en arc de cercle, et à la fin, avec beaucoup de précautions, poussé près d'eux le petit Jésus dormant sur quelques brins de paille. Le soir, il avait posé ses sabots sous le rayon, et avant de s'endormir, avait récité toutes les prières qu'il connaissait.

Au matin, premier réveillé, il avait trouvé trois papillotes dans un sabot et une orange dans l'autre.

Elle était si belle cette orange, elle sentait si bon qu'il sut aussitôt qu'il ne devait pas la manger. Dès lors, il l'eut toujours avec lui. Lorsqu'il était au lit, il la tenait dans sa main, pressée contre son cou. Lorsqu'il partait à l'école, il la glissait dans la poche de son tablier, et en marchant, il la contemplait. Logée dans ce tissu noir, elle lui faisait penser aux braises qui brillaient dans la cheminée.

Au début, de son ongle, il en égratignait l'écorce, et fermant les yeux, en humait le parfum. Mais bientôt, il se le reprocha et comprit qu'il devait cesser de l'abîmer. Il se contenta d'en admirer la rondeur, de la caresser, de la tenir au creux de ses paumes.

À le voir toujours avec cette orange, il arrivait que les autres se moquent de lui, mais il ne leur répondait pas. Il rêvait à ces pays lointains où l'on ne souffre pas du froid et où le soleil fait mûrir des oranges par milliers.

Trois mois plus tard, alors qu'elle avait séché et durci, il résolut de la manger. Il la pela avec soin, en détacha difficilement les quartiers, et il fut étonné que ces peaux blanches ne contiennent aucun jus. Il les mâcha avec résignation tout en comptant sur ses doigts les mois qui le séparaient du prochain Noël.

Les pohutukawas ont de nombreuses branches qui partent du sol en divergeant et donnent une ample frondaison. À l'approche de Noël, alors qu'ils sont en grand nombre et qu'on en voit un peu partout, ils se couvrent d'une multitude de fleurs carmin, mais cette année leur floraison tarde. Certains sont malgré tout déjà en fleur, et les voir est chaque fois un vrai plaisir.

Une belle avenue de Devonport est bordée des deux côtés par ces arbres. Si j'étais à Auckland, j'aurais pris le bac pour aller les voir. Ils sont forcément en fleur — Auckland étant plus au nord, le climat est plus doux qu'ici — et ce doit être un spectacle qui vaut le déplacement.

Parmi les pionniers arrivés ici, il y eut toutes sortes de gens — de rudes pêcheurs de baleines, des marins en cavale, des aventuriers, parfois des repris de justice, des bagnards évadés d'Australie, des femmes de petite vertu... — et on peut imaginer que certains d'entre eux ont eu des vies mouvementées.

Cette histoire que je viens de lire : Betty Parker, fille de forçat, est arrivée d'Australie en 1830. Elle s'est mariée à quinze ans avec Jacky Guard, un cambrioleur anglais qui avait été envoyé en Australie avec d'autres prisonniers.

Cet homme avait des capacités et il a connu une brillante réussite sociale en montant une entreprise qui traitait la viande et l'huile de baleine.

Betty a été la première femme blanche à se rendre dans l'île du Sud.

Lors d'un naufrage, ce couple et un de leurs enfants ont été pris en otages par les Maoris. Jacky a pu s'échapper, et il est revenu délivrer sa femme et son fils après être passé par l'Australie où il avait mis sur pied une intervention armée. Bilan : plusieurs Maoris tués et deux villages détruits.

24 décembre

Sandra et son mari nous ont invités à faire le réveillon chez eux avec Lucie, une jeune fille qui est en stage à l'ambassade. Tous deux habitent une belle maison, d'une architecture particulière. Construite sur pilotis à flanc de colline, on y pénètre par le haut, et on descend dans les pièces, distribuées sur deux ou trois niveaux. Un très grand salon avec une large ouverture donnant sur le port, la baie, les collines...

Sandra a des ascendants suisses allemands et espagnols. Elle est étonnante. Elle sait faire et a fait beaucoup de choses, y compris des courses de karting.

Au cours de la soirée, la conversation a été quelque peu languissante. Il est vrai que ma pensée s'absentait souvent. Et si elle s'absentait, c'est parce qu'elle était occupée par ce que j'avais lu quelques heures plus tôt.

Dans l'après-midi, j'étais passé à l'ambassade et pendant un moment avais feuilleté quelques livres. Jusqu'à ce que je tombe sur un catalogue de Claude Viallat. Outre des reproductions de ses toiles, j'y avais trouvé deux beaux poèmes de lui et un texte de Paco Ojeda, matador qui tenait le haut de l'affiche il y a une vingtaine d'années. Ce texte m'a frappé, et au cours de ces heures de réveillon, il n'a cessé de se rappeler à moi.

Dans ce texte aux mots vrais, Paco Ojeda parle de cette forge logée dans notre for intérieur, et au feu de laquelle le torero comme l'écrivain doit donner souplesse et malléabilité à ce qui n'en a pas. Afin de pouvoir préparer l'aisance du geste à développer face au taureau. Afin de rendre moins rétifs les mots à partir desquels la phrase sera façonnée.

À plusieurs reprises, j'ai fait taire les mots de Paco Ojeda, et je prenais conscience de l'insolite de cette situation, me disant que si nous étions plus attentifs, nous remarquerions plus souvent que nous vivons des choses qui ont de quoi nous étonner. J'étais là en train de réveillonner avec trois personnes dont je ne savais rien, dans cette maison que je venais de découvrir, observant l'arrivée et le départ d'un bateau, l'esprit harcelé par des mots lus quelques heures auparavant et qui m'entraînaient à tout instant loin du lieu où je me trouvais...

Une chose entendue et que je tiens à noter. Elle témoigne d'une attention aux autres dont j'ai reçu maintes preuves lors de mes rencontres avec les Kiwis au cours de ces derniers mois. Sandra avait pris contact sur Internet avec l'école où elle voulait faire inscrire sa fille de six ans. Pour la recevoir, pour que l'enfant ne se sente pas perdue, la maîtresse de la classe où elle allait entrer a fait apprendre à ses jeunes élèves plusieurs mots de français.

Sandra nous a ramenés en voiture. En nous disant au revoir, elle m'a appris qu'elle avait lu quelques-uns de mes livres, dont *L'Année de l'éveil* quand elle était au lycée. L'échange qui a suivi a été l'occasion d'un premier vrai contact. Nous étions sur un trottoir, il était une heure du matin, et ce fut pour moi le meilleur moment de la soirée.

25 décembre

Soleil et vent. Nous nous acheminons vers l'été. Comment croire qu'un tel jour puisse être le jour de

Noël ? Il ne s'accorde en rien avec le souvenir que je garde des Noëls de mon enfance.

Restaurant. Repas des plus quelconques (le cuisinier et les serveurs sont en congé !). Une femme d'une cinquantaine d'années, élégante, le regard vif, pétillant, nous a entendus parler :

« Oh ! Vous êtes français ? I love la France. I love Pariss...

— Vous connaissez ?

— Yes... J'y suis vécu cinq ans...

— Si ce n'est pas indiscret, que faisiez-vous ? »

En riant et avec un regard malicieux :

« La version courte ou la version longue ?

— Plutôt la longue.

— J'avais appris la danse à Amsterdam. En arrivant à Paris, j'ai pensé pour moi-même : dans cette ville exceptionnelle, il te faut vivre quelque chose d'exceptionnel. Qu'allais-je pouvoir faire ? En pensant en moi-même, j'ai trouvé : j'allais être danseuse de cabaret. Je suis allée aux Folies-Bergère, mais je n'avais pas de rendez-vous, et on refusait de me recevoir. Pour me donner du courage, j'avais pris un verre de vin, et comme j'étais bue, j'ai demandé à voir le directeur artistique. Il m'a reçue. Je lui ai dit : j'ai les jambes, mais pas de poitrine. Il a craint que je sois un transsexuel. Je l'ai rassuré et il a voulu voir. J'ai enlevé. Il m'a demandé de faire quelques pas, de tourner sur moi-même.

« "D'accord. Vous commencez demain soir."

« J'y suis restée deux ans. Au fond. Une des filles nues. »

Sara était venue prendre un verre avec nous, et la conversation s'engage sur un tout autre sujet avec un couple proche de notre table. Cet homme et cette femme sont des champions de pétanque et ils sont venus en France une ou deux fois pour participer à des compétitions. Avant de partir, l'homme m'invite à aller les voir jouer dimanche et il me griffonne un plan pour m'indiquer où je dois me rendre. Ses mains sont celles d'un travailleur manuel. Il boit les bières au goulot et les descend en un clin d'œil. Son visage est d'ailleurs marqué par toutes celles qu'il a dû écluser.

26 décembre

Vent violent. Boxing day : fête nationale.

Rencontre chez Laurence et Len, de deux hommes et de leurs épouses. Un Chypriote dont la famille — les deux parents et leurs trois enfants — est venue s'établir ici dans les années cinquante. (J'ai eu plaisir à apprendre qu'il connaissait les œuvres de Kazantzaki et de Séféris.) Et un Anglais qui a des ascendants anglais, écossais, français et libanais. Ceux de son épouse sont écossais et gallois. Leurs deux fils sont donc les descendants d'hommes et de femmes originaires de cinq pays différents. On comprend qu'ici, avec les ruptures et les brassages survenus dans leur histoire, les Néo-Zélandais ne soient pas enclins à se tourner vers le passé.

Officier de l'Intelligence Service, cet Anglais est passionné de littérature et il écrit. Uniquement pour lui. Des textes de réflexion et des nouvelles. Parfois, le matin, quand il se lève, il doit s'emparer d'une feuille de papier et se délivrer de ce qui a fermenté en lui pendant qu'il dormait. Il aurait voulu qu'on parle du travail de l'écrivain, des problèmes qu'il rencontre en écrivant, mais le barrage de la langue nous en a empêchés.

Il a été étonné quand je lui ai dit qu'au cours d'une journée, je ne pouvais pas travailler plus de trois heures et demie. Après ce laps de temps, je n'ai plus d'énergie. Si je me force à poursuivre, je le paie le lendemain.

27 décembre

Gordon Stewart et Vincent O'Sullivan nous ont emmenés voir des maisons dont Katherine Mansfield parle dans ses nouvelles. D'abord à Karori, la maison où résidait sa famille et qu'on retrouve dans *Prélude*. Elle est maintenant occupée par l'ambassadeur du Mexique. À côté, la maison des cousins. Puis, à Thorndon, celle où se déroule *Le Premier Bal*. Enfin, de l'autre côté de la baie, une petite maison un peu à l'écart de la route, enfouie dans la verdure. C'était la maison de vacances de la famille, et magnifiée par les souvenirs, elle est devenue celle de *La Baie*.

Nous sommes allés prendre un café. Avons parlé de la France, de Paris. Vincent nous raconte qu'un jour, visitant le cimetière du Père-Lachaise, il avait vu un homme couché sur la tombe d'Oscar Wilde et qui gémissait : *Oscar, j'ai besoin de toi, j'ai besoin de toi...*

Xavier est passionné de rugby. Après avoir longtemps joué, il entraîne maintenant une équipe de tout jeunes garçons. Une occupation très sérieuse. Il a un livre où est répertorié tout ce qui doit leur être enseigné. Et chaque enfant a reçu un carnet de la Fédération de rugby où sont notées les présences aux entraînements, de même que certaines observations relatives à son jeu, à ses aptitudes, à la place qui lui conviendrait le mieux...

Xavier a passé sa jeunesse au Maroc, et quand il avait une vingtaine d'années, il est allé travailler à Riyad. Il était logé dans les dépendances du palais princier, et bénéficiait de conditions de vie dont il n'aurait jamais osé rêver. Mais il était toujours suivi, toujours surveillé, et après trois mois de cette existence, il a préféré rentrer en France.

Dimanche 28 décembre

Invités chez Chris Laidlaw. De sa maison qui est juchée au sommet de la plus haute colline, on a une vue splendide sur la baie. Chris en retrait, souriant, parlant peu. Je me suis entretenu avec un de ses amis. Un homme extrêmement sympathique. Un scientifique, ex-demi d'ouverture des All Blacks.

Dans la soirée, ce poème m'a été donné :

On s'était saisi de lui
et avant que ses yeux s'ouvrent

on l'avait contraint
à se soumettre
Éprouvantes furent ces années
où il avait plié la nuque
Puis il avait refusé
avait dit non à la route
préparée devant lui
Alors avait commencé
un temps de perdition
Interdit de joie de vivre
il avait connu le bourbier
du dégoût de l'épuisement
et la mort s'était emparée de lui
Mais jour après jour
il avait livré son combat
gagné quelques mètres

Un certain jour
il avait cessé de ramper
appris à marcher
sur un sol ferme

Il était fort
d'avoir noué amitié
avec ce qui compte

29 décembre

Chauffeur de taxi somalien. Son visage et sa voix sont ceux d'un homme triste, malheureux d'être un exilé. Climat, langue, nourriture, manière de vivre, tout est différent de ce qu'il connaissait dans son pays. À Wellington, ses compatriotes sont trop peu nombreux pour qu'il y ait un restaurant somalien, trop peu nombreux pour former un groupe où ils se donneraient un peu de chaleur à eux tous.

Écrire, c'est s'offrir à l'inconnu, ne rien savoir de ce qui va se passer. Parfois, je m'apprête à travailler un texte, mais il se refuse et je dois renoncer. D'autres fois, je n'attends rien, suis vacant, et au profond du silence, le murmure se fait entendre, des mots me viennent, et une note, un poème exige d'être écrit.

En début de soirée, je ne savais que faire. Toute la journée, à cause du vent, j'ai eu mal à la tête. J'étais fatigué, brouillé, n'avais nulle envie de lire ni de travailler. Je me suis mis à ma table, et sans avoir la moindre intention, je me suis abandonné au vide de cet instant. Pendant environ deux heures, je suis resté silencieux et inoccupé. Puis des mots sont lentement montés de ma pénombre, et pour finir, la main a dû les coucher sur le papier. Comme s'ils avaient glissé hors de moi sans que j'aie eu à intervenir. Bien sûr, s'ils se sont dévidés aussi facilement, c'est sans doute parce que, depuis trois jours, ils avaient été mâchés et remâchés par une rumination quasi continue.

Voici donc ce qui, contre toute attente, m'a été octroyé :

Toi qui fus matador de toros, tu as souvent défié la mort, et pour en trouver le courage, tu as traité ta peur dans le feu de cette forge que tu portes en toi à l'instar de nous tous. Tu as très bien su en parler dans ce texte où tu évoques la solitude qui te cernait dans l'arène, et aussi cette solitude de l'écrivain quand il s'avance aussi loin qu'il peut aller dans son désir de capter ce qui toujours lui échappe. Les mots justes que tu as su trouver pour dire ces deux solitudes, ils m'ont inspiré ceux qui suivent et que je te dédie :

à Paco Ojeda

Oui
Le travail qui se poursuit
à l'intérieur de la forge
ne doit jamais s'interrompre

entretenir le feu
lui fournir
ce qu'il lui faut
porter au rouge

pour assouplir
l'idée
faire éclater
la pierre des mots
pour obtenir
cette lave
où idées et mots
se rejoignent
se compénètrent

attente
ascèse
de la solitude

coulent les mots
qui s'agrègent
trouvent leur place
dans l'édifice

30 décembre

Une saison de machettes, un livre de Jean Hatzfeld sur le génocide dont le Rwanda a été le théâtre en 1994. Pendant un mois, chaque jour de 9 h 30 à 16 heures, des Hutus ont systématiquement massacré 50 000 Tutsis. Seuls 9 000 ont pu échapper ou survivre à ce massacre. Après avoir consacré un précédent livre aux rescapés, Jean Hatzfeld rapporte dans celui-ci les propos que lui ont tenus des tueurs hutus maintenant emprisonnés. Hallucinant ! De ces pages, tout serait à citer. Machettes, gourdins, arcs et flèches, exceptionnellement fusils, les moyens ne manquaient pas pour trancher un cou, fracasser un crâne, transpercer une poitrine. Ces malheureux Tutsis ne mouraient pas forcément à l'instant où la machette les frappait. Ils agonisaient parfois pendant des heures ou des jours.

Un Hutu venait de sectionner le bras d'une femme lorsqu'il a aperçu un vélo. Il s'est précipité pour s'en emparer et partir avec, abandonnant cette femme à une mort lente. À la séance de massacre succédait le pillage. Après quoi les maisons étaient saccagées ou incendiées.

Des scènes à vous glacer d'horreur. Le premier jour des chasses, un cultivateur hutu âgé de soixante-cinq ans voit arriver des hommes armés de machettes, et qui, en chantant, vont se livrer à leur sinistre besogne. Cet homme les sermonne, veut user de son autorité d'ancien pour les calmer et les empêcher de participer à la tuerie. « Deux tueurs s'approchent de lui en riant, et sans lui répondre, l'abattent à coups de machette. Parmi eux se trouve le fils de la victime, qui aux dires des témoins de la scène, ne proteste ni ne s'arrête pour se pencher sur le corps. Les gaillards reprennent leur route en chantant. »

Un de ces livres à verser au volumineux dossier de cette folie collective qui s'empare des hommes quand des forces incontrôlables se déchaînent.

En Australie, après une randonnée à travers la campagne, trois jeunes gens s'arrêtent au bord d'une rivière pour laver leurs chaussures et leurs vélos. Un crocodile a dévoré l'un d'eux. Les deux autres, poursuivis par un autre saurien, ont dû se réfugier dans un arbre. Ils y sont restés une nuit et un jour, jusqu'à ce que des parents, inquiets de ne pas les voir rentrer, aient pu les délivrer.

2 janvier

L'année 2004 a commencé par une belle journée d'été. Un peu de vent, une douce température, un ciel bleu, une claire lumière. Myreille nous avait invités à nous joindre à ses amis autour d'un barbecue sur la terrasse de sa maison, à Lyall Bay. Étaient présentes une Néo-Zélandaise d'une trentaine d'années qui vit à Paris et qui a pris la nationalité française, une jeune Marocaine ravissante — peau ambrée, dents éclatantes, beaux yeux — d'un grand charme, et qui effectue un tour du monde. D'autres personnes. L'océan qu'on ne voyait pas mais qui était proche.

Le meilleur moment, nous l'avons vécu quand les invités furent partis et que nous sommes restés avec les voisins de Myreille. Un Maori, sa femme et leurs deux beaux jeunes enfants aux cheveux d'un noir de jais. En s'accompagnant de sa guitare, il nous a chanté à voix basse quelques chansons, dont une en maori qui parlait de la naissance et de la mort. Grand et fort, il pèse 140 kg, 15 ans de rugby. Un de ses ascendants, un Français venu sur un baleinier en 1835. Il s'appelait Hétet. Il avait épousé la fille d'un chef de tribu maori et n'était jamais reparti. La dernière personne à porter ce nom était la mère de cet homme extrêmement sympathique avec qui nous avons parlé. Les Maoris sont très préoccupés par leur généalogie et il nous a montré un livre d'une centaine de pages où figure la sienne : nombreuses photos, dont celle de Hétet, longues listes de ses nombreux descendants, et aussi de courts textes sur beaucoup d'entre eux. L'épouse de cet homme descend de pionniers gallois et d'immigrés indiens (un arrière-grand-père appartenait à la caste des tailleurs). Regret de n'avoir pas pu poursuivre cet entretien.

Je viens d'apprendre que les quatre tomes de *La Règle du jeu* vont paraître en Pléiade. Ces temps, j'ai encore bien souvent pensé à Leiris. Ou plus exactement à la conférence qu'on m'avait demandé de faire à la Bibliothèque nationale à l'occasion du centième anniversaire de sa naissance.

En m'appuyant sur des citations, j'avais montré que Leiris ne s'était jamais désapproprié de lui-même, qu'il n'avait jamais pu *se vider de son moi*, pour employer une expression de Tchouang-tseu.

J'ai dû vaincre en moi une vive résistance pour oser établir ce constat. J'aurais pu évidemment me contenter de faire l'éloge de cette œuvre. Mais il m'aurait fallu refouler des idées qui me tiennent à cœur. Je me suis donc résolu à livrer sans ambages le fond de ma pensée.

D'autres critères que littéraires doivent intervenir quand on a à juger de la valeur d'une œuvre. Écrire, me semble-t-il, doit être un moyen de se découvrir, de se connaître, de travailler à s'élever, à devenir meilleur. *L'homme de bien œuvre en lui-même sans relâche*, est-il écrit dans *Le Livre des Mutations*. C'est ce travail exigeant et incessant qui peut remplir une vie, lui donner un sens, faire éclore en elle un peu de lumière.

Puisqu'en publiant, un écrivain entre en dialogue avec ses lecteurs, intervient dans leur vie, va éventuellement laisser une marque sur leur sensibilité, leur pensée, ne pourrait-on pas lui poser ces simples questions : sachant que tant d'êtres sont désorientés, mènent des vies incohérentes, sont rongés par une angoisse et une souffrance dont ils ne savent rien, par vos écrits, les avez-vous aidés si peu que ce soit à sortir de leur confusion, de leur ignorance, de leur mal-être ? Les avez-vous aidés si peu que ce soit à avoir un meilleur rapport avec eux-mêmes, avec les autres, avec le monde ? Sachant que nous vivons dans une société où règnent égocentrisme, cynisme, injustice, corruption, violence..., avez-vous contribué à dégrader l'homme, à exalter ses pires instincts, ou avez-vous cherché à le restaurer ? À lui offrir des mots qui le vitalisent, adoucissent sa solitude, lui permettent de se révéler à lui-même ?

8 janvier

L'ambassadeur et son épouse nous ont fait l'amitié d'offrir un cocktail pour marquer la fin de notre séjour et nous permettre de dire adieu aux amis et connaissances que nous allions quitter. Tous et toutes étaient là, ainsi que les membres du Randell Writers Trust. Plaisir de voir que Chris Laidlaw et son épouse avaient répondu à notre invitation.

J'ai eu à dire quelques mots et je n'ai pu m'empêcher d'être ému. Je l'ai été bien davantage quand j'ai vu des yeux briller à travers des larmes. Lorsque des amitiés naissantes ont peu de temps pour se développer, les sentiments qu'elles éveillent ont très vite une certaine intensité.

Maintenant que notre séjour s'achève, je peux prendre la mesure de tout ce que j'aurais perdu si je n'avais pas eu la chance de venir ici. Je vais partir à regret.

Je m'enfouis à l'intérieur
Douce est la nuit
prise dans la spirale
L'été approche
mais je n'ai plus à redouter
ses matins blêmes
ses jours de fatigue et d'ennui
pourris par de mauvais souvenirs
Douce et paisible est la nuit
Je n'ai plus peur
Ma lumière a
de solides racines

Ce matin, ciel bas. Pluie drue et vent violent. Des pointes jusqu'à 150 km/h. Bien que nous ayons déjà pris nos billets pour nous rendre à Picton, dans l'île du Sud, nous renonçons à faire la traversée. Elle ne dure que trois heures, mais M.L. redoute de mal la supporter.

9 janvier, fin de matinée

Le vent a chassé les nuages en deux heures de temps. Soleil et douceur revenus, prendre le bateau est à nouveau possible.

10 janvier

Agréable traversée. En se divisant en plusieurs bras, la mer pénètre loin à l'intérieur des terres, et pendant plus d'une heure, nous longeons des rochers et des collines. De beaux paysages. Myreille Pawliez s'était jointe à nous, et l'après-midi, au lieu de nous promener, attablés près du rivage, nous n'avons fait que bavarder et nous prélasser au soleil.

Dans *Le Voyage*, Katherine Mansfield narre la traversée de nuit qu'effectue Fanella — une petite fille qui vient de perdre sa mère — en compagnie de ses grands-parents. Le port de Wellington qu'elle décrit — la nuit noire, les entrepôts de laine, les wagons à bestiaux... — n'a plus grand-chose de commun avec le port actuel.

11 janvier

Je vais quitter ce pays où je n'aurai jamais l'occasion de revenir, et je n'ai pas vu le centième de ce qu'il y aurait à voir : les impressionnantes montagnes de l'île du Sud, les glaciers, les fjords, les lacs glaciaires, les chutes d'eau, les volcans, les bassins de boue en ébullition, les geysers, plusieurs îles, les villes fantômes des anciennes régions minières... Mais je ne regrette rien. J'ai préféré la richesse des rencontres aux beautés de la nature ou à certaines curiosités. Quand on est présent à soi-même et présent au monde extérieur, on n'a nul besoin d'aller admirer des paysages grandioses ou des sites étonnants. La moindre chose peut mettre en branle l'activité intérieure, provoquer et nourrir la réflexion.

Alors qu'il nous restait peu de temps pour préparer nos bagages, visite imprévue de Sara et de son ami grec d'origine chypriote, arrivé en Nouvelle-Zélande alors qu'il était enfant.

Une cinquantaine d'années, grand, beau, sympathique, une épaisse tignasse grise et bouclée.

Peu de temps après leur arrivée dans l'archipel, son père s'est cru malade. Il a voulu rentrer à Chypre pour mourir dans son pays. Il est décédé trente-neuf ans plus tard. Autrement dit, il n'avait pu supporter l'exil.

Nous parlons de Jérusalem. Il s'y est rendu pour voir la tombe de Jim Baxter. Mais où la trouver ? Personne pour le renseigner. Les maisons maories semblaient désertes. Il a frappé à une porte, a expliqué ce qu'il cherchait. La femme qui avait entrebâillé la porte l'a aussitôt invité à déjeuner et ce n'est que trois heures plus tard qu'il a pu repartir.

Dès qu'il était entré, des hommes et des femmes maoris étaient apparus, inquiets de savoir ce qui se passait. Comme un instant plus tôt il n'avait rencontré personne, il s'était étonné. Tous cultivent du cannabis, et on l'avait pris pour un policier.

Une fois, de retour à Chypre, il avait visité la maison où Rimbaud a vécu. Elle était habitée par un important personnage politique. Quand il s'est présenté, la sentinelle dormait, et dès qu'il lui a parlé en anglais, le chien lui a fait fête. Il a visité cette maison sans que nul ne s'aperçoive de sa présence.

Heureux que Sara soit réapparue alors que je ne pensais plus la revoir.

Ces deux heures d'échange avec cet homme qui est poète et peintre ont été un très bon moment. Il a pris un vif plaisir à ce que nous avons dit de Cavafy, Kazantzaki, Séféris... Ici, ces écrivains sont inconnus et il ne peut en parler avec personne.

12 janvier

Notre départ était fixé à une heure assez matinale. Pourtant, des amis sont venus nous dire un dernier adieu à l'aéroport : Dame Fiona Kidman, Jessie qui habite un quartier excentré et a dû traverser la ville, Greg O'Brien accompagné de Félix, son fils de huit ans — un garçon au regard grave, intelligent, interrogateur — Sandra, notre récente amie, et notre chère Elsa. Seules Sandra et Elsa ont pu rester jusqu'à la dernière minute. Il m'a été dur de partir.

12 et 13 janvier — Singapour

Au sortir de l'aéroport et après ces heures d'avion durant lesquelles nous avons eu froid, l'air chaud et moite qui soudain vous enveloppe, descend dans votre poitrine, et pendant quelques secondes, vous êtes comme un poisson tiré hors de l'eau. Je me souviens de cette impression d'avoir eu la tête dans un four et de ne pouvoir respirer lors d'une arrivée à Bangkok, il y a quelques années.

La jeune Indienne en sari, un point rouge entre les sourcils, un anneau d'or à un doigt de pied, et qui balaie le caniveau. J'ai voulu échanger un regard avec elle, mais elle a baissé les yeux.

Au carrefour, au-dessous des feux qui règlent la circulation, et à côté du petit bonhomme vert signifiant aux piétons qu'ils peuvent traverser, des chiffres rouges leur indiquent de seconde en seconde le temps qu'il leur reste pour arriver de l'autre côté de la rue.

Le marché chinois. Les fortes odeurs de l'encens, des épices. Sur la face extérieure du mur d'un café sont creusées de petites alvéoles où se trouvent des jeux d'échecs (?). À tour de rôle des consommateurs attablés en terrasse se lèvent avec lenteur et vont déplacer un pion.

Le marché indien. De superbes saris passementés d'or.

L'église dédiée à Notre-Dame de Lourdes peinte en blanc, avec de hautes croix bleu pâle sur les portes. La surprise passée, je lui ai trouvé une réelle beauté.

Toute proche, une grande mosquée, elle aussi fraîchement peinte dans une couleur crème, avec des motifs tracés en vert. J'aurais voulu la visiter mais le temps manquait.

Profusion de fleurs, de plantes, d'arbustes, d'arbres. Quelques nuages. Une légère brise agite mollement les palmes, le haut des frondaisons.

Soudain, cette vision qui porte au rêve et me fait penser à des peintures japonaises de l'ancien temps : derrière les branches grêles d'un arbre au feuillage clairsemé et piqueté de fleurs roses, apparaît sur une passerelle une jeune élégante en sari s'abritant du soleil sous une ombrelle mauve.

Pour trouver un peu de fraîcheur, balade sur les bords de la Singapour. Avons sympathisé avec un Chinois et sa femme. Mais impossible d'échanger avec eux le moindre mot. Un jeune garçon qui parlait chinois et mal l'anglais nous a servi d'interprète. J'ai pu comprendre que ce Chinois est peintre. Il est venu à Singapour pour présenter une exposition dans le cadre de manifestations organisées par la communauté chinoise à l'occasion du nouvel an chinois. Il m'a offert un catalogue. Pour autant que je puisse juger, ce qu'il peint me paraît digne d'intérêt.

Balade en bateau. Les rives bordées par les terrasses des restaurants. Visage jeune et lisse, cheveux blancs, une femme engage la conversation en français. De père roumain, de mère canadienne, elle a vécu à Cannes et travaille actuellement à Bruxelles. Elle va passer un mois en Australie. Alors que je l'avais observée à la dérobée, elle m'avait donné l'impression d'être une fonceuse. En réalité, son côté résolu cache de la timidité. Quand nous sommes loin de notre pays et que nous rencontrons quelqu'un qui parle notre langue, aussitôt un vif plaisir, une immédiate complicité.

Deux heures au très beau musée des civilisations asiatiques. Mais j'ai vu trop de choses pour pouvoir en parler.

Restaurant de l'hôtel. Dînent des Asiatiques de diverses origines. Ils ne prêtent aucune attention à la jeune serveuse, elle aussi asiatique, qui leur apporte et leur présente les plats. Aucun remerciement, ne serait-ce que d'un bref signe de tête. Mais s'ils ne la remercient pas, s'ils ne lui prêtent aucune attention, c'est simplement qu'ils ne la voient pas.

L'aéroport de Singapour est un très grand aéroport. Le trafic y est important. À l'aller, nous sommes restés presque deux heures à la table d'un café ouvert sur trois de ses côtés. J'étais assis près d'une large allée où s'écoulait presque en permanence un flot de voyageurs, et j'ai passé là un moment passionnant à observer des visages, des regards, des démarches, des tenues typiques... Incroyable diversité ! Sentiment de la multitude ! De l'immensité du monde ! Mais quand je suis revenu à moi, tout étourdi d'avoir absorbé ce trop-plein de vie, j'ai été pris d'une certaine angoisse. Cette onde humaine qui ne s'interrompait pas, elle m'écrasait, me donnait à éprouver le peu que je suis, et il m'a fallu lutter pour me réinvestir, reprendre pied, réanimer mon désir de vivre.

14 janvier

Aéroport de Francfort. Le jour se lève. À l'horizon brille dans la brume un point lumineux qui devient très vite deux vives lumières. Puis apparaît l'avion qui va se poser. Depuis un moment, les arrivées se succèdent toutes les deux ou trois minutes.

J'aime me trouver dans un aéroport. Je suis comme un enfant émerveillé. La beauté des fuselages. Les couleurs des appareils. Leur pays d'origine. Et toujours cet étonnement à penser que ces mastodontes peuvent s'élever dans les airs, franchir d'énormes distances sans avoir à être ravitaillés.

Une heure plus tard.

Je me suis si bien abîmé dans la contemplation des avions parqués au-dessous de nous, que lorsque nous nous sommes présentés à l'embarquement, le nôtre était déjà parti depuis une demi-heure.

Nous étions fatigués. Quelques minutes d'affolement à nous demander si nous aurions un autre vol dans la journée, et si notre amie Guita qui nous attendait à l'aéroport Saint-Exupéry à Lyon allait être prévenue de notre mésaventure. Par chance, la prochaine correspondance était annoncée pour 14 heures. Mais il nous restait cinq heures à attendre.

Errance dans l'aéroport. Il fait froid. Les passagers portent des anoraks et nous sommes vêtus légèrement. Puis pause dans un café-restaurant. Le serveur noir m'a aussitôt fait penser à Philly Jo Jones. Je n'ai jamais eu l'occasion de voir jouer ce batteur, mais il y a une trentaine d'années, quand il était venu s'établir en France, *Jazz Magazine* lui avait consacré un long article, avec des photos. Pour une raison que je ne saurais expliquer, cet article et ces photos m'ont profondément touché, se sont gravés en moi. À tel point que je connais par cœur des passages de l'entretien. Par la suite et pendant longtemps, j'ai songé des dizaines et des dizaines de fois à cet inconnu qui avait pris place dans mon univers. C'est en pensant à lui que j'ai engagé la conversation avec ce serveur. Sénégalais. Le regard triste, l'air las. Il est malheureux en Allemagne : le climat, le racisme dont il parle à mots couverts, les fréquents contrôles de police... Je ne sais pourquoi il a quitté la France où il se plaisait. Un problème de salaire ? Il lui manque de rencontrer des compatriotes, ceux-ci étant peu nombreux à Francfort. Il était inquiet, craignait d'être pris en faute, ne cessait de surveiller une porte, car défense lui est faite de converser avec les clients. Il était heureux d'avoir pu parler avec un Français.

22 avril — Lyon

Je suis loin de Wellington, je ne reverrai jamais cette ville, mais je garde en moi sa lumière, les lumières de ses rues, de sa baie, de ses ciels, le souvenir de ses vents qui mugissent, grondent, hurlent parfois jour et nuit.

Alors qu'elle n'était qu'une petite bourgade, des pionniers sont venus à elle de toutes les parties du monde... Ils ont construit routes et maisons, puis un port, puis des tours, puis des buildings. Depuis de nombreuses décennies, elle est une ville dynamique, et elle ne cesse de grandir pour pleinement assumer son rôle de capitale.

Bien avant que j'arpente ses rues, je m'étais pris de passion pour l'œuvre de cette Katherine Mansfield morte si jeune, et qui loin de sa ville natale a vécu ses dernières années dans la nostalgie de sa baie et ses collines. Durant les cinq mois que j'ai passés là-bas, Katherine a maintes fois mêlé sa voix à la mienne, et à plusieurs reprises, je l'ai entendue me murmurer ces mots qui pourraient résumer la morale de tout écrivain :

C'est seulement en étant fidèle à la vie
que je puis être fidèle à l'art
Et fidélité à l'art signifie
bonté sincérité simplicité probité

Pris dans l'asphalte de ses trottoirs se trouvent çà et là des rectangles de cuivre encadrant ce mot et ces chiffres eux aussi de métal

Shoreline 1840

Ils marquent la ligne où se trouvait le front de mer à cette époque. Puis deux séismes ont soulevé le sol enfoui sous les eaux, et ce Lambton Quay devenu une rue du centre sinue maintenant entre les buildings à bonne distance de la mer.

Son sol tremble en permanence et ses eaux sont dangereuses. Vent violent, mers démontées, tempêtes imprévisibles, et depuis deux siècles il s'est produit bien des naufrages à l'entrée de la baie.

Mais drames et menaces ne sauraient étouffer la vie.

Aux heures de pointe, ses rues sont pleines d'une foule paisible où se côtoient les descendants de ces hommes et de ces femmes venus là pour commencer une nouvelle vie. Statures et visages d'une grande diversité attestent que le sang qui bat dans ses artères mêle des sangs issus de nombreuses sources.

Au cours de ces cinq mois, elle m'a beaucoup donné, et je lui en suis reconnaissant. Mais quand elle hante ma pensée, je ne peux oublier la menace tapie dans son sol et son sous-sol. Aussi je lui adresse en secret cette prière instante :

quoi qu'il arrive
reste droite
reste vivante
continue de grandir

MES REMERCIEMENTS S'ADRESSENT :

— à M. Marlaud, ambassadeur de France à Wellington, et à Mme Vildeuil-Marlaud. À Laurent et Géraldine Polonceaux. À Jean-Marc Philippeau. À Laurence Oxenberg, Sandra Soldana, Elsa Thual, Marleen Van Roosmalen, ainsi qu'au personnel de l'ambassade.

— aux membres du Randell Writers Trust, en particulier à la famille Price, à Gillian Cameron, à Gordon Stewart, à Dame Fiona Kidman et à Vincent O'Sullivan.

— à Jean Anderson, John et Jenny Davey, Rodney et Marilyn Doak, Sara Esam, Patricia Grace, Martine Marshall, Jessie Munro. À Brendam O'Brien, à Greg O'Brien et Jenny Bornholdt. À Sonia Plantey. À Raylene Ramsay. À Claudie Favre-Hayman. À Richard et Annie Tapper.

— à Thierry et Nadine Ribault.

DU MÊME AUTEUR

Éditions P.O.L

L'ANNÉE DE L'ÉVEIL, *récit*. Grand Prix des lectrices de *Elle* 1989 (Folio nº 4334)

AFFÛTS, *poèmes*

DANS LA LUMIÈRE DES SAISONS, *lettres*

L'INATTENDU (Folio nº 2638)

CE PAYS DU SILENCE, *poèmes*

CARNETS DE SAORGE

LAMBEAUX, *récit* (Folio nº 2948)

GIACOMETTI

À VOIX BASSE, *poèmes*

FOUILLES, *poèmes*

RENCONTRES AVEC BRAM VAN VELDE

RENCONTRES AVEC SAMUEL BECKETT

ATTENTE EN AUTOMNE, *nouvelles* (Folio nº 3561)

ÉCARTE LA NUIT, *théâtre*

UN LOURD DESTIN, *théâtre*

L'INCESSANT, *théâtre*

AU PAYS DU LONG NUAGE BLANC. Journal (Folio nº 4764)

CÉZANNE. UN GRAND VIVANT

L'OPULENCE DE LA NUIT, *poèmes*

TÉNÈBRES EN TERRE FROIDE. Journal I

TRAVERSÉE DE NUIT. Journal II

LUEUR APRÈS LABOUR. Journal III

ACCUEILS. Journal IV

L'AUTRE FAIM. Journal V

CES MOTS QUI NOURRISSENT ET QUI APAISENT

Éditions Arfuyen

L'AUTRE CHEMIN, *poèmes*

BRIBES POUR UN DOUBLE

Éditions Maeght

BRAM VAN VELDE, *monographie*

BRAM VAN VELDE, collection « Carnets de voyage »

Éditions la Passe du vent

TROUVER LA SOURCE *suivi de* ÉCHANGES

Éditions l'Échoppe

ENTRETIEN AVEC PIERRE SOULAGES

JEAN REVERZY

ENTRETIEN AVEC RAOUL UBAC

CHEZ FRANÇOIS DILASSER

SHITAO ET CÉZANNE

Éditions Fourbis

POUR MICHEL LEIRIS

Éditions Flohic

CHARLES JULIET EN SON PARCOURS, avec Rodolphe Barry

Éditions Arléa

MES CHEMINS, *entretien*

Éditions Bayard

CE LONG PÉRIPLE

Éditions Jacques Brémond

FAILLES, *nouvelles*

Éditions Jean-Michel Place

LA CONQUÊTE DANS L'OBSCUR, *choix de poèmes*

Éditions Diabase

D'UNE RIVE À L'AUTRE, *entretien*

Éditions du Regard

EUGÈNE LEROY

Éditions Albin Michel

ENTRETIEN AVEC FABIENNE VERDIER

Éditions des femmes

L'INCESSANT, lu par l'auteur et Nicole Garcia, suivi de poèmes lus par l'auteur

J'AI CHERCHÉ..., poèmes et textes lus par l'auteur et par Valérie Dréville

Composition CMB Graphic
Impression Maury-Imprimeur
45330 Malesherbes
le 12 janvier 2010.
Dépôt légal : janvier 2010.
1er dépôt légal dans la collection : juin 2008
Numéro d'imprimeur : 152763.

ISBN 978-2-07-034671-4. / Imprimé en France.

174106